被發現的兒童

中國近代兒童文學拓荒史

方麗娟 著

楔 子

往昔的歐人對於孩子的誤解，是以為成人的預備；中國人的誤解，是以為縮小的成人。直到近來，經過許多學者的研究，才知道孩子的世界，與成人截然不同。

——一九一九年魯迅〈我們現在怎樣做父親〉

　　兒童的發現，兒童世界的發現，是二十世紀初中國一件了不起的大事，也是五四新文化運動的一個重要成果。

　　本文以《被發現的兒童——中國近代兒童文學拓荒史》為題，一般人首先會懷疑五四與兒童文學有何關聯，無法將五四運動與兒童文學聯想在一起。殊不知，中國現代的兒童文學乃發源於新文化運動的五四時期，在中國文學發展演進過程中，它是一場具有劃時代意義的文學革命運動。隨著五四新文化運動的發展和深入，兒童文學也出現生機勃勃的景象，不僅揭開中國現代文學史的首頁，更開啟了中國現代兒童文學的發展。

　　五四時期的兒童文學大師們，不僅是新文學的菁英又是兒童文學的熱衷者，左手寫新詩、散文、小說，右手則揮動兒童文學的彩筆，從事兒童文學的翻譯、理論與創作，並推動了中國的兒

童文學運動。他們不僅是新文學的菁英，更開拓了中國現代兒童文學的領域；在兒童文學方面，不僅研究理論，更有翻譯與創作的豐碩成果。這便引起筆者追根探源的好奇心，想一探究竟，在何種歷史背景下，使他們有這股熱情與精力，既從事新文學的事業又開拓了中國的現代兒童文學。

目前有關中國五四時期兒童文學的文獻資料，主要有蔣風主編的《中國現代兒童文學史》、王泉根著《現代兒童文學的先驅》、張香還著《中國兒童文學史》（現代部分）、四川少年兒童出版社《兒童文學概論》編寫組編寫的《兒童文學概論》、王泉根著《中國兒童文學現象研究》、張之偉著《中國現代兒童文學史稿》、方衛平著《中國兒童文學理論批評史》與孫建江著《二十世紀中國兒童文學導論》等；而單篇的文論則可見於王泉根評選的《中國現代兒童文學文論選》，以及各作家的文集中。

本書首章從歷史演變與社會、經濟、政治背景的遠因，與國語統一運動及五四運動爆發的近因，深入探討了五四新文化運動的成因，並對五四時期的文壇概況作一探討，從而發現五四開拓了中國現代的兒童文學。

第二章則由新文學大師們對兒童文學的全方位發展出發，探討其不僅為兒童文學理論的研究外，更有翻譯、編輯與創作的全面性成果；進而以此一現象的形成背景與豐碩的成果著墨，加以分析。

第三章則以魯迅與周作人為代表，論述五四時期兒童文學理論方面的發展情形。

　　第四章主要介紹五四時期兒童文學在創作、翻譯與編輯方面的成就。以茅盾、冰心與葉聖陶等人為創作的代表，而編輯方面則以成就最大的鄭振鐸等人為主加以討論；另外在翻譯部分則因參與者或多或少都有貢獻，故不另立章節論述。

　　第五章探討五四時期兒童文學發展的意義及其影響，指出五四時期中國現代兒童文學蓬勃發展的情形，並為後世的兒童文學理論開拓了領域奠定了基礎，以及深入研析該時期創作部分的豐碩成果。

　　最後並附錄「中國兒童文學一九〇〇年～一九三六年重要論著繫年稿」提供研究者參考。

｜目次｜

第一章

五四運動與兒童文學

第一節　五四新文學運動成因

　　五四時期是中國文學、中國文化史上一個偉大時代。在中國文學發展演進的過程中，它是一場具有劃時代意義的文學改革運動，不僅揭開了中國現代文學史的第一頁，更使中國文學開始走上現代化道路。

　　五四以後的中國現代新文學，自然是適應當時中國社會與時代歷史的產物，也就是說文學是時代社會的反映。更明確地說，五四以後的中國現代文學，是中國現代社會歷史在文學形式上所反映出來的產物，例如魯迅的〈狂人日記〉中的狂人，〈阿Q正傳〉中的阿Q，以及祥林嫂、魯四老爺等人物和他們所串演的故事本身，更明確地看出那個時代社會的本質。

　　自一八四〇年代以後，中國便持續向西方學習中國傳統裡所沒有的知識。最初以軍事和自然科學為中心，尤其重視製船與造砲的技術，也就是借用西方的科技來護衛中國的體制，這是洋務運動的基本精神，其中以張之洞的「中體西用」為思想的代表。但在那個時代，已有一些較為激進的人士，如馮桂芬、郭嵩燾、

王韜、鄭觀應、何啟、胡禮垣等人，他們除主張借用西藝外，更主張引進西方的政治和社會制度，這是戊戌維新的思想前導。中日戰爭失敗後，朝野有識之士，更趨向政治改革這方面，康有為、梁啟超、嚴復等，對時代的認識尤為突出。經過自強運動與變法、立憲均未成功，國父孫中山先生所領導的國民革命獲得的共和體制也無法正常運作，弊端百出。若干知識分子便認為這是因中國傳統文化不良所造成的，欲振衰起弊，則必須作全盤革新。

五四新文化運動的發生可分成遠因與近因兩大部分，揆其遠因，大致可分成四方面：

一、**就歷史演變言**，民國初年開始的五四運動，主要是對傳統與舊文化社會的不滿，但這個不滿早在清末政治改革時期已發生。戊戌政變中被殺害的譚嗣同，在生前寫了《仁學》一書，極力主張改變許多不合理的現象，並要人「衝決利祿之網羅，……衝決俗學若考據若詞章之網羅，……衝決全球群學之網羅，……衝決君主之網羅，……衝決倫常之網羅，……。」譚嗣同認為真正的政治改革必先革除這些「網羅」[1]。梁啟超也是個不滿於現狀的人，在戊戌政變失敗後逃往日本，創辦了《新民叢報》，他希望革除中國人民舊的、卑遜的、投機的個性，重新建立新的個性，並把達爾文的進化論，盧梭的自然主義，培根的經驗哲

---

[1]　參見譚嗣同撰〈《仁學》自敘〉，載於《譚嗣同全集》下冊，頁二八九～二九一。

學，笛卡爾派的推理哲學，羅蘭夫人的革命事蹟，以及「平等」「自由」等新思想，輾轉介紹到中國[2]；胡適介紹了「易卜生主義」[3]；陳獨秀更搬進了「馬克思學說」[4]。在學術思想界，普遍地掀起了新思潮的狂熱。

在當時像譚嗣同、梁啟超一樣具有改革思想的人並不乏其人，不滿現狀的人更多，但他們在清末的努力都失敗了。到了袁世凱稱帝以及以後的軍閥亂國，都在在表示中國沒有改觀，戊戌以後的革新思想，企望把中國帶入完善境界，到此時完全沒有了希望。回到舊的秩序裡，很容易使受西式教育的年輕人採取較激烈的手段以求改變，既要作全面調整，必先作全面的破壞，然後再從事全面的建設。

在全面的求新求變的浪潮中，自然使人們感覺到在文學上也必須開創一個新的境界。而早在一九一七年一月號《新青年》雜誌中，胡適已刊出首先發難的文章——〈文學改良芻議〉，其後有陳獨秀寫的〈文學革命論〉，以及錢玄同、劉半農所寫的響應文字，從此新文學運動便展開了。從新文學本身的演進來看，中國傳統文學到了清末，無論是詩詞還是散文，都已經發展到了爛熟而面臨窮途求變的階段了。

---

[2] 參見夏曉虹著《覺世與傳世——梁啟超的文學道路》，頁一四九～一七六。
[3] 胡適撰〈易卜生主義〉，載於《胡適文存》第一冊卷四，頁六二九～六四七。胡適云：「易卜生早年和晚年的著作雖不能全說是寫實主義，但我們看他極盛時期的著作，儘可以說，易卜生的文學，易卜生的人生觀，只是一個寫實主義。」
[4] 參見陳獨秀撰〈馬克思學說〉，載於《新青年》九卷六號。

如同周作人所說：

> 八股文在政治方面已被打倒，考試時已經不再作八股文而
> 改作策論了，在乾隆嘉慶兩朝達到全盛時期的漢學，到了
> 清末的俞曲園也起了變化，不但弄詞章，而且弄小說。……
> 主張文道混合的桐城派，這時也起了變化，嚴復出而譯述
> 西洋的科學和哲學方面的著作，林紓則譯述文學方面。[5]

這也是文學發展的自然趨勢，舊文學已到了不得不變革的
地步了，就整個中國文學而言也是如此，從詩經的四言和雙式句
型，到五七言，到律詩絕句，從長短句的詞到曲，都是自然的演
變。再以小說來說，由古代神話，到怪異故事，到傳奇和說書，
到章回小說，這種發展的路線，完全是依循著社會的需要。我們
固不能以一九一七年這一點來說明中國文學發展到這裡必然會有
所改變，不過我們可以說中國文學發展到這一階段，改革的機運
早已成熟，只要有人提倡和鼓吹，革命性的運動一定會產生。

二、**就社會背景言**，科舉制度的廢除，是近代中國社會的一
個大變動[6]。自一九〇五年正式廢除科舉，至五四運動期間，政

---

[5] 周作人撰〈文學革命運動〉，載於《周作人全集》第五冊，頁三五二～三六二。
[6] 清末時陸續有改革科舉制度的言論，如一八七五年有禮部上書的〈禮部奏請考試
算學折〉，一八八四年潘衍桐的〈奏請開藝學科折〉，一八九八年嚴修的〈奏請
設經濟專科折〉，一八九八年康有為的〈請廢八股試帖楷法試士改用策論折〉，
一八九八年梁啟超等上書的〈公車上書請變通科舉折〉，一八九八年戊戌變法時
期，對於科舉制度已多有改革，直至一九〇五年清帝方諭立停止科舉考試，廣開

府並未制定一套有效的選舉人才辦法，而在傳統思想桎梏解放下的讀書人，和受西式教育的人愈來愈多，有理想、有能力的知識份子也愈來愈多。但民初的政府受一群軍人、政客所把持，知識份子沒有出路，只好往其他方面去發展。他們的想法、做法大多是超越傳統的，甚至超越的距離太大，速度太快，以至社會大多數人無法接納他們；其甚者視之如「洪水猛獸」，導致他們的不滿和反抗。

新興工商業階層在第一次世界大戰期間有相當的膨脹，他們對當時軍閥和帝國主義國家都痛恨萬分，因為這兩個勢力都是剝削工商業階層的，因此他們很容易和新知識份子階層合流，產生抗議運動。

他們一方面看到政治的混亂，一方面覺得社會消極，因此認為要把中國從根救起，必須全面學習效法世界各國的長處，必須動員社會全體力量才能做到；而要求學術獨立、創辦報社、**翻譯外文書籍**，為的是可以自由傳播知識，自由批評不合時宜的學說制度，把西方強國的長處引進中國。在新文學運動中，他們不僅在理論上加以提倡，同時在創作上加以實踐，因此對新文學運動有鼓吹和助長的作用。

三、**就經濟背景言**，清朝經濟在外國商人的控制之下，自己的民族工業一直無法發展。直到第一次世界大戰期間，各個強國

學校。上舉諸文請參見《中國近代教育史資料》上冊，頁二七～六六。

都集中精力去生產軍火，一般的產品生產量自然銳減，輸出量也自然降低，對中國的經濟壓力也降低了，因此中國的民族工業得以蓬勃發展。然而第一次世界大戰迅速的結束，中國經濟受到的壓力如同以前，第一次世界大戰所帶給中國的希望全然幻滅。外國的經濟勢力、商業力量立刻又把中國新興的民族工業壓抑不得發展，給中國人對民族尊嚴、民族復興的寄望很大的刺激。

這些新興工商業階層大多受嚴復、梁啟超、胡適等人譯述的西方學說影響，瞭解了「優勝劣敗，適者生存」的道理，他們認為，今天國家不富強起來，以後會愈來愈艱難。因此對新知識份子階層的倡導排外運動、抵制外貨運動，不但同情並且支持。所以在一九一九年五月到六月期間，大學生帶領的五四運動，其口號是「外抗強權，內除國賊」，受到工商業界密切的配合。

四、就政治背景言，清末由康有為、梁啟超主導的變法維新運動，正是一種改良主義的提出；儘管當時在政治上沒有多大的成就，但是刺激了社會人心，使大家逐漸了解科學和民主對於現代社會和國家的重要性。而改革和求變的行為，更刺激了兩千多年來，近於靜止的人心，當然也刺激了新文學運動。到了辛亥革命成功，民國建立，一切都力求維新，文學革命已成了必然之勢，所以胡適、陳獨秀等高舉文學革命的旗幟，提倡國語的文學，使中國新文學運動展開了轟轟烈烈的一頁。

而第一次世界大戰期間及其以後，民族主義開始為各國普遍重視；當時美國總統威爾遜提出保障弱小國家的獨立、民族自

決、廢止祕密外交等口號，對中國的知識份子具有很大的吸引力。因為中國當時受祕密外交之害很深，軍閥勾結外國造成政治不能獨立，讓知識份子非常憤怒，一般老百姓生活清苦，自然也不滿這種現象。另一方面，歐洲在政治上也產生大變動，如產生許多新的共和國、婦女參政、蘇俄革命成功，都給予國人很大的鼓舞。國際上有這麼多的變動，這麼多的理想，而中國竟不進反退。辛亥革命成功所建立的共和與理想被袁世凱及軍閥破壞了，回到政治的專制裡，社會上的舊勢力、權威主義、崇古思想重新抬頭，那些思想進步的青年無法發展自己的才幹理想，而北洋政府依附著帝國主義，也很少顧及國內年輕人的要求和人民的痛苦，他們跟老百姓、學生都非常隔閡。新起的一代尤其富有民族主義的思想，對不求進步的北洋政府當然懷著不滿的情緒和敵意，遂利用剛新起且人人能懂的白話文宣傳其思想，激發更多人的愛國思想，這也使得白話文學大大的發展起來。

就近因而言，新文學運動發起後能夠如火如荼，很快地有了成就，應該歸功於兩件事：

一、**國語統一運動**，使新文學運動有了依據。清末，中國受列強船堅砲利的侵凌，因此為了抵禦外侮，必須學習洋務；而學習洋務，必須開通民智；開通民智必須普及教育。但是古文則成了普及教育的主要障礙，因此產生了口語和文字合一的要求，而發展成為「國語運動」。陳子展對這一串問題說得很透澈：

一八九五年，正是甲午新敗之後，一般人如大夢初醒，纔知道人家所以富強的原因是由於教育普及，而不單是船堅砲利勝人；教育之所以普及，卻又是用拼音文字的便利。我國因文字這種工具太笨拙太繁重，以致教育祇作畸形的發展，一般民智太低，而影響於國家的前途無振作之望。因之譚嗣同、梁啟超等都曾倡過漢字改革之說。譚嗣同曾在他的《仁學》裡，有廢漢字的主張，這算是對著不適於現代的漢字放了第一砲。接著一八九八年，戊戌政變，引起了一班有志之士對於國事的關心。同時對於文字問題，也多討論。如粵之王炳耀，閩之蔡錫勇，蘇之沈學，還有其他的人，先後都倡改造文字之說。在《時務報》、《萬國公報》，發表了許多改造文字的文章。並且都曾草創拼音字母印行。一九○四年（光緒三十年），直隸王照的《官話字母》出版。先是古文家吳汝綸曾把它帶到日本去，在留學生中宣傳，後來又帶回北京，在兵營中宣傳。不久，浙江勞乃宣更作《簡字譜》，於一九○七年在南京刊行。明年，進呈《簡字譜》於光緒皇帝。官府也加入宣傳。端方替他在南京方面宣傳，袁世凱替他在直隸方面宣傳。都設有簡字學堂。勞氏更造出《京音譜》、《吳音譜》、《閩廣音譜》等，勢力大盛，幾乎推行全國。因之他們又主張簡字獨立。這是國語運動的第一期。一九一一年，民國成立，教育部召集讀音統一會，議定注音字母

三十九個。一九一六年，教育部設立注音字母傳習所，同年，八月，北京成立中華民國國語研究會。一九一八年，教育部正式公布注音字母，同時設立國語統一籌備會。明年，重新頒定注音字母次序。《國音字典》出版。是為國語運動第二期。正在這個時候，文學革命運動──國語文學運動，已經風靡全國了。國語運動自然於無形之中推動了國語文學運動，替它增加了不少的聲勢。不過國語運動是「為教育的」，是用國語為「開通民智」的工具；國語文學運動是「為文學的」，是用國語為「創造文學」的工具。前者是提倡白話，不廢古文；後者是提倡白話文學，攻擊古文為死文學。所以前者祇可叫做文字改革運動，後者纔是文學革命運動。祇因文學革命運動，是從「文的形式方面」下手，要求語言文字或文體的解放，所以說文字改革運動也給文學革命運動增加了不少的助力。[7]

在國語統一運動以前，全國各地的方言複雜，文學語言別成一格，愈古典反而愈能統一，其與口語的距離當然是很遠的。統一國語以後，新文學運動有了依附，不必再擔心南腔北調的分歧，這對新文學運動有很大的幫助。

---

[7] 陳子展撰〈文學革命運動〉，載於《中國新文學大系》第十冊史料。索引篇，頁二三〜二四。

二、五四運動的衝擊，加速了中國新文學運動的成功。五四運動乃導因於一九一五年日本提出「二十一條要求」，於一九一九年凡爾賽和會又作出「山東決議案」，激起了中國民眾高漲的愛國心和反抗列強的情緒，中國學生和新起的思想界領袖們得到了這種群眾情緒的支持，發起一連串的抗日活動，於一九一九年五月四日在北京遊行示威，抗議中國政府對日本的屈辱政策，由此引起一連串的罷課罷工及其他事件，希望透過思想改革、社會改革來建設一個新中國。

　　一九一九年五月四日的學生運動，它是當時知識份子的覺醒運動，給了新文學運動很大的衝擊力。更由於這兩個運動都發生在北京，主要人物多有關聯，自然匯成了一股巨流[8]。五四為新文學運動打開了場面，提醒了國人的關切和注意；新文學運動也為那個單純的學生愛國運動充實了內容。這一股巨流，在兩者的互相影響和激盪下，得到了持久的發展和壯大。

---

[8]　五四新文化運動是以一九一五年陳獨秀創辦的《新青年》雜誌為主要陣地發展起來的，而積極推動新文化運動主要的大將有陳獨秀、錢玄同、李大釗、魯迅、周作人、劉半農、沈伊默、傅斯年、郭沫若、茅盾等人。之後一九一九年五月四日爆發的學生愛國運動，更激發了社會大眾的愛國心，與求新求變的精神。這場學生愛國運動以北京學界的師生為主，例如羅家倫、傅斯年、段錫朋、冰心、鄭振鐸等各校學生代表，當時已任教北京大學的教師也非常支持這場學生愛國運動，如校長蔡元培，以及錢玄同、李大釗、胡適、魯迅、周作人、劉半農等教師。五四運動是中國知識分子的覺醒運動，給新文化運動很大的衝擊，也使二者匯成一股巨流，且相互依存；五四為新文化運動打開了場面，提醒了國人的關切和注意；新文化運動也為學生愛國運動充實了內容。

第二節　五四時期文壇概況

一、初期文壇的論戰

　　文學革命正式的起步，是一九一七年一月胡適在《新青年》雜誌發表的〈文學改良芻議〉一文，這篇文章不僅是文學革命的號角，同時也是堅實且正確的綱領，所以才能乘著五四運動的風暴，在短短兩三年內，順利取得勝利。

　　首先提出文學革命問題來討論的胡適，一九一五年還在美國留學時，便提出古文之弊與幾個留學生：任永叔（鴻雋）、梅覲莊（光迪）、楊杏佛（銓）、唐擘黃（鉞）等人討論，而梅覲莊是反對最力的，當梅要離開綺色佳時，胡適寫了一首長詩給他送行，詩中有兩段很大膽的宣言：

> 梅生梅生毋自鄙！神州文學久枯餒，百年未有健者起。新潮之來不可止；文學革命其時矣！吾輩勢不容坐視。且復號召二三子，革命軍前杖馬箠，鞭笞驅除一車鬼，再拜迎入新世紀！以此報國未云菲；縮地戡天差可儗。梅生梅生毋自鄙！作歌今送梅生行，狂言人道臣當烹。我自不吐定不快，人言未足為重輕。[9]

---

[9]　胡適撰〈逼上梁山〉，載於《中國新文學大系》第一冊建設理論集，頁六～七。

這是中國有史以來，第一次有人提出「文學革命」的主張。

　　〈文學改良芻議〉是文學革命的第一篇正式宣言。胡適主張改良文學，須從八事入手：

> 　　一曰，須言之有物。二曰，不摹倣古人。三曰，須講求文法。四曰，不作無病之呻吟。五曰，務去爛調套語。六曰，不用典。七曰，不講對仗。八曰，不避俗字俗語。[10]

　　這八項，後來也引入〈建設的文學革命論〉中，文字略作改動，第一項改作不作言之無物的文字，第三項改作不作不合文法的文字，第五項改作不用套語爛調，排列的次序也稍有不同；此即所謂的「八不主義」。[11]

　　當時中國的新青年，正在提倡西洋文化，打倒孔家店，所以胡適的文章一發表，便引起許多人的注意。接著陳獨秀也發表〈文學革命論〉，提出文學革命的三大主義：

> 　　曰，推倒雕琢的阿諛的貴族文學，建設平易的抒情的國民文學；曰，推倒陳腐的鋪張的古典文學，建設新鮮的立誠的寫實文學；曰，推倒迂晦的艱澀的山林文學，建設明瞭

---

[10]　胡適撰〈文學改良芻議〉，載於《胡適文存》第一集，頁五～十七。
[11]　胡適撰〈建設的文學革命論〉，載於《胡適文存》第一集，頁五五～七三。

的通俗的社會文學。[12]

對於文學革命問題，胡適認為「此事之是非，非一朝一夕所能定，亦非一二人所能定。……吾輩已張革命之旗，雖不容退縮，然亦決不敢以吾輩所主張為必是而不容他人之匡正也。」[13] 而陳獨秀則毅然決然答曰：

> 改良中國文學，當以白話為文學正宗之說，其是非甚明，必不容反對者有討論之餘地，必以吾輩所主張者為絕對之是，而不容他人之匡正者也。[14]

這種勇往直前不顧一切的態度，在改革運動中是很重要的。後來胡適又發表了〈歷史的文學觀念論〉一文，認為：

> 居今日而言文學改良，當注重「歷史的文學觀念論」。一言以蔽之，曰：一時代有一時代之文學。此時代與彼時代之間，雖皆有承前啟後之關係，而不容完全鈔襲；其完全鈔襲者，決不成為真文學。[15]

---

[12] 陳獨秀撰〈文學革命論〉，載於《中國新文學大系》第一冊建設理論集，頁四四。
[13] 胡適撰〈寄陳獨秀〉，載於《胡適文存》第一集，頁二九～三一。
[14] 陳獨秀撰〈答胡適之〉，載於《中國新文學大系》第一冊建設理論集，頁五六。
[15] 胡適撰〈歷史的文學觀念論〉，載於《胡適文存》第一集，頁三三～三六。

一九一八年，胡適又發表了〈建設的文學革命論〉，說：

> 我的「建設新文學論」的唯一宗旨只有十個大字：「國語
> 的文學，文學的國語。」我們所提倡的文學革命，只是要
> 替中國創造一種國語的文學。有了國語的文學，方才可有
> 文學的國語。……用死了的文言決不能做出有生命有價值
> 的文學來。[16]

　　當時響應胡適、陳獨秀的主張者有錢玄同、劉半農、周作人
諸人，他們在《新青年》也發表了不少文章。錢玄同並修正了胡
適的一些觀點，如胡適謂：「狹義之典，工者偶一用之，未為不
可。」錢氏以為「凡用典者，無論工拙，皆為行文之疵病。」[17]
胡適初期作的白話詩，不過是一些洗刷過的舊詩，錢氏便指出這
個毛病來，他才放手去作純粹的白話詩。其他如劉半農發表了
〈我之文學改良觀〉及〈詩與小說精神上之革新〉……等文，
提出許多具體的改革方案[18]。周作人的〈人的文學〉、〈平民文
學〉也探討到新文學的內容問題，他提倡「人的文學」即人道主
義文學，「用這人道主義為本，對於人生諸問題，加以記錄研究
的文字，便謂之人的文學」。所謂「平民文學」是作為貴族文學

---

[16] 同註十一。
[17] 錢玄同撰〈寄陳獨秀〉，載於《中國新文學大系》第一冊建設理論集，頁四八。
[18] 參見《中國新文學大系》第二冊文學論爭集。

的對立面而提出的，它是「研究平民生活——人的生活——的文學」，這種文學應當「記載世間普通男女的悲歡成敗」。可見「平民文學」就是「人的文學」的具體化[19]。這些觀點在當時具有積極的意義。

二、文學社團的興起

五四運動以後，新文化運動有了更加廣泛和深入的發展，大批先進的知識份子加入新文學的行列，新文學社團和文藝刊物猶如雨後春筍般的湧現出來。茅盾根據《小說月報》十四～十六卷「國內文壇消息」統計，一九二二～一九二六年，「先後成立的文學團體及刊物，不下一百餘」，而實際上，「也許還要多上一倍」[20]。其中成立較早、影響最大的是文學研究會、創造社和雨絲社等，這些社團的成員大都是受到五四新文化運動影響的新文學作家和青年學生，他們企圖透過文學來啟迪人民、改造社會，對新文學的發展具有積極的推動作用。

（一）文學研究會

文學研究會是中國現代文學史上第一個純文學社團，一九

---

[19] 周作人撰〈人的文學〉與〈平民文學〉俱載於《周作人全集》第三冊，頁五六一～五七二。

[20] 參見茅盾撰《中國新文學大系・小說》第一集導言。

二一年一月成立於北京，由沈雁冰（茅盾）、鄭振鐸、葉紹鈞（葉聖陶）、耿濟之、王統照、許地山、瞿世英、周作人、朱希祖、蔣百里、孫伏園、郭紹虞等十二人發起。主辦的刊物有《小說月報》、《文學旬刊》等，還編輯了近百種《文學研究會叢書》[21]。

文學研究會在根本上，主張為人生而藝術；在技巧上，提倡寫實主義的手法。在〈文學研究會宣言〉宣稱：

> 將文藝當作高興時的遊戲，或失意時的消遣的時候，現在已經過去了。我們相信文學也是一種工作，而且又是于人很切要的一種工作。治文學的人，也當以這事為他一生的事業，正同勞農一樣。……文學應當反應社會的現象，表現並且討論人生一般的問題。[22]

鄭振鐸在〈新文學觀的建設〉中曾說：

> 我們要曉得文學雖是藝術雖也能以其文字之美與想像之美來感動人，但卻決不是以娛樂為目的的。反而言之，卻也不是以教訓，以傳道為目的的。文學是人類感情之傾洩於文字上的。他是人生上的反映，是自然而發生的。他的使

---

[21] 參見賈植芳、蘇興良等編《文學研究會資料》，頁十三～四八。
[22] 〈文學研究會宣言〉載於《文學研究會評論資料選》上冊，頁二七九。

命，他的偉大的價值；就在於通人類的感情之郵。[23]

葉聖陶也曾說：

> 要表顯出一個情意，須要適度的材料。要使這個材料具有
> 生命，入人之心，須要用最適切於表現這個材料的一個方
> 式。……創作家須注意的是：（一）要取精當的材料；
> （二）要表現一切的內在的實際；（三）要使質和形都是
> 和諧的自由的。[24]

　　總之，他們以為文學應該是為人生的，取材也應該採取有意
義的社會題材，不該寫一些身邊瑣事；應該是用苦工做的，不是
憑著靈感或隨筆揮灑的。文學研究會基於「為人生」的文學思想，
使他們以清醒的眼光來面對人生，所以他們會關切到當時的婦女
與兒童問題，之後便掀起了一場有聲有色的「兒童文學運動」。
　　文學研究會人才雖多，但份子也複雜，一九二五年「五卅」
之後，會員意見分歧，很多向外發展而另起爐灶。到了一九三二
年「一二八」上海戰爭發生，《小說月報》停刊，這一個文學社
團也在無形中解散了[25]。

---

[23]　〈新文學觀的建設〉載於《中國新文學大系》第二冊文學論爭集，頁一六〇。
[24]　葉聖陶撰〈創作的要素〉載於《葉聖陶集》第九冊，頁一八三〜一八五。
[25]　參見張毓茂主編《二十世紀中國兩岸文學史》，頁十五。

（二）創造社

　　創造社由日本留學生郭沫若、成仿吾、郁達夫、鄭伯奇、田漢、張資平等發起，一九二〇年左右即已醞釀，一九二一年七月正式成立於東京[26]，一九二二年五月出版《創造季刊》。此外，還出版過《創造週報》、《創造日》、《洪水》、《文化批判》等刊物。

　　創造社的文學主張是為藝術而藝術，反對為人生而藝術；主張唯美主義；傾向浪漫主義，不贊成寫實主義。成仿吾在〈新文學之使命〉中說：

> 至少我覺得除去一切功利的打算，專求文學的全Perfaction與美Beauty有值得我們終身從事的價值之可能性。而且一種美的文學，縱或牠沒有什麼可以教我們，而牠所給我們的美的快感與慰安，這些美的快感與安慰對於我們日常生活的更新的效果，我們是不能不承認的。[27]

　　創造社的作家，其思想特質的形成，鄭伯奇在《中國新文學大系》小說第三集的導言中分析得很透澈：

26　創造社成立的地點有兩種說法：司馬長風著《中國新文學史》及錢理群、吳福輝等著《中國現代文學三十年》均認為創造社成立於日本東京；而張毓茂著《二十世紀中國兩岸文學史》則認為成立於中國上海。

27　成仿吾撰〈新文學之使命〉載於《中國新文學大系》第二冊文學論爭集，頁一八〇。

創造社的作家，傾向到浪漫主義和這一系統的思想，並不是沒有原故的。第一，他們都是在外國住得很久，對於外國的缺點，和中國的病痛，都看得比較清楚。他們感受到兩重失望，兩重痛苦，對於現社會發生厭倦憎惡。……第二，因為他們在外國住得很久，對於祖國便常生起一種懷病，而回國以後的種種失望，更使他們感到空虛。第三，因為他們在外國住得很久，當時外國流行的思想，自然會影響到他們。

也正因為這樣，創造社成員的作品大都側重自我的表現，帶著濃厚的抒情色彩，直抒胸臆和病態的心理描寫，往往成為他們表達內心矛盾和對現實反抗的主要形式，顯出與文學研究會迥然不同的創作風貌。

至於創造社的結束，乃是由於組成份子的複雜，被政治野心家所利用，一九二九年被國民政府查封而殞滅[28]。

（三）語絲社

語絲社成立於一九二四年十一月，主要成員有周作人、魯迅、錢玄同、林語堂、劉半農、孫伏園等。在北京出版《語絲》周刊，後改為半月刊，其所以在當時文壇成為一個宗派，這是有

---

[28] 參見張毓茂主編《二十世紀中國兩岸文學史》，頁十五。

原因的。一九二四年前後，孫伏園所主編的《晨報‧副刊》，廣受一般青年學生所喜愛，後來因為魯迅的一篇詩稿由於執事者的更換未刊登，孫伏園憤而辭職，與周氏兄弟同辦《語絲》，並結合《新潮社》人員，與《晨報‧副刊》居於反對的立場，因而另形成宗派。

語絲社的宗旨，在〈語絲發刊詞〉中明顯提出：

> 我們只覺得現在中國的生活太是枯燥，思想界太是沉悶，感到一種不愉快，想說幾句話，所以創刊這張小報，作自由發表的地方。……我們這個週刊的主張是提倡自由思想，獨立判斷，和美的生活。

但《語絲》於一九二七年十月被北洋軍閥查封，後移至上海出版，一九三〇年三月停刊。[29]

這些社團的成員大都是受到五四新文化運動影響的新文學作家和青年學生，他們企圖透過文學來啟迪人民、改造社會，對新文學的發展有著積極的推動作用。

---

[29] 同上，頁十八。

第三節　五四開啟中國現代兒童文學曙光

一、五四以前的中國兒童文學

「兒童文學」這個名稱，可以說是始於五四時期[30]。雖然為兒童服務的文學，在五四以前已經出現，但由於舊思想的禁錮與舊文學的漠視，使長久以來的中國兒童文學命運多舛，發展緩慢。

而中國古代的兒童讀物其表現形式，約可歸納為下列四種[31]：

（一）**民間口頭文學作品。**民間文學根植於民間文化的沃土，千百年來與人們的精神生活保持著最密切的聯繫；它同樣也為歷代兒童提供了精神食糧。像廣為流傳的《牛郎織女》、《田螺姑娘》、《蛇郎君》、《老虎外婆》，和許多民間童謠等等，都曾經在口耳相傳的過程中為歷代兒童們所接受和喜愛。

（二）**注重故事性、具有一定文學色彩的蒙養讀物。**如宋代朱熹《小學》的〈外篇〉。元代盧韶的《日記故事》、明代蕭良有的《龍文鞭影》、陶贊廷的《蒙養圖說》、清代程允升的《幼學瓊林》等等。這些讀物中的故事多取材於歷史，主要是圍繞著

---

[30] 茅盾撰〈關於「兒童文學」〉載於王泉根評選《中國現代兒童文學文論選》，頁三九五。

[31] 參見張之偉著《中國現代兒童文學史稿》頁一～四，又王泉根著《中國兒童文學現象研究》頁十三～二六。

倫常道德以作為榜樣，講給兒童聽的。其中部分故事書還帶有圖畫，類似現在的連環畫。如明代嘉靖年間刊印的《日記故事》分上下二欄，上欄為插圖，下欄為淺顯的文字。敘述的也都是可以啟發兒童智慧的小故事，像曹沖稱象、司馬光打破水缸、灌水浮球等一類故事。

（三）**經過專門編纂的所謂陶冶人性的文學作品**，主要是詩歌，如《千家詩》、《三字經》、《唐詩三百首》、《神童詩》等等。這類作品的情況比較複雜，其中既有一些語言淺顯、音調優美、內容也頗適合兒童作品特點的詩作，但也有不少思想情趣離兒童心理甚遠、內容不適合兒童的作品。

（四）**古典文學中一些具有兒童文學特點的作品**，也受到兒童讀者的喜愛。如《西遊記》中的孫悟空出世、過火焰山、三打白骨精、大鬧天宮等；《水滸》中的武松打虎，《封神演義》中的哪吒鬧海，《聊齋志異》中的〈促織〉、〈種梨〉、〈阿寶〉、〈粉蝶〉等，還有《鏡花緣》中的一些富有幻想色彩的故事等，這些精彩的作品被當時和歷代的兒童讀者所喜愛。

從上述四類兒童文學讀物來看，除了符合傳統教育需要的作品外，基本上都不是專門為兒童所創作的自覺性的兒童文學作品，且數量甚微，比起中國古代文論所積累和擁有的浩如煙海的理論材料，有關兒童的文學思考就顯得微乎其微了，而且它們始終被占有統治地位的傳統文學排斥在文學殿堂之外，從來沒有地位，且不受重視；偶有行諸筆墨者，也被視為引車賣漿者言，加

以摒棄。

　　五四以前的中國兒童文學發展緩慢的原因固然很多，但最根本最重要的一點就是中國人漠視有所謂的「兒童」。魯迅曾在〈我們現在怎樣做父親〉一文中說過：「往昔的歐人，對於孩子的誤解，是以為成人的預備；中國人的誤解，是以為縮小的成人。」而周作人在〈兒童的文學〉中也曾說過：「以前的人對於兒童多不能正當理解，不是將他當作縮小的成人，拿『聖經賢傳』盡量的灌下去，便將他看作不完全的小人，說小孩懂得甚麼，一筆抹殺，不去理他。」鄭振鐸在〈中國兒童讀物的分析〉上篇中也提及：「對於兒童，舊式的教育家視之無殊成人，取用的方法，也全是施之於成人的。……他們根本蔑視有所謂兒童時代，有所謂適合於兒童時代的特殊教育。他們把『成人』所應知道的東西，全都在這個兒童時代具體而微的給了他們了。」他們一進私塾，念的是《四書》、《五經》、子曰詩云，學的是三綱五常，禮儀規範，「非禮勿視，非禮勿聽，非禮勿言，非禮勿動」。用「修身、齊家、治國、平天下」的聖賢大道理和莫測高深的道學家的哲學和人生觀，來統轄茫無所知的兒童，其結果只能使兒童在不知不覺中，逐漸的喪失自己，喪失人性，喪失了屬於兒童的精神世界。所以傳統的兒童讀物有的僅供兒童啟蒙識字之用，有的是為將來應科舉考試作準備，有的是硬塞給兒童看的成人文學讀物，思想格調遠離兒童的特點，因此不能算作真正有意義的兒童文學。

二、五四時期兒童文學的興起

中國文學雖然發端於三千年前，但一直到二十世紀才有專為兒童而寫的文學。五四以前「兒童文學」這個名稱雖然在中國仍未直接被提出，但在當時民主主義思潮的影響下，提倡以「西學為用」，孫毓修便是「中國編輯兒童讀物的第一人」[32]，他第一個創辦了《童話》叢書，第一次編寫了《無貓國》，接著便有《大拇指》、《玻璃鞋》、《紅帽兒》、《海公主》的問世，所以茅盾稱他為「中國有童話的開山祖師」[33]。值得注意的是一九一八年第一期《新青年》刊登了一則啟事，啟事是關於徵求婦女問題和兒童問題的文章，繼而又將「兒童問題」與「兒童文學」聯繫起來，這說明了長期處在少有人過問的兒童已經開始得到人們的重視與關懷了。

郭沫若在〈兒童文學之管見〉一文中也指出：

> 人類社會根本改造的步驟之一，應當是人的改造。人的根本改造應當從兒童的感情教育、美的教育著手。有優美純潔的個人才有優美純潔的社會。因而改造事業的組成部分，應當重視文學藝術。……兒童文學的提倡對於我國社

---

[32] 同註三十，頁三九六。
[33] 茅盾撰〈我走過的道路〉參見張之偉著《中國現代兒童文學史稿》頁三。

會和國民，最是起死回春的特效藥，不獨職司兒童教育者所當注意，舉凡一切文化運動家都應當別具隻眼以相看待。今天的兒童便為明天的國民。

由此可見，五四新文化運動的倡導者們是把兒童文學作為整個人的問題、兒童問題之一，將兒童文學提上新文化建設的日程表上。這是因為，兒童文學的自覺歸根到底是兒童自身被發現的結果，只有衝破長期禁錮兒童精神的傳統規範，建立嶄新的現代兒童觀，兒童文學才有可能順理成章地應運而生。

五四時期是思想解放的時代，高舉著「民主」與「科學」兩大旗幟，猛烈抨擊傳統思想，鼓吹個性解放，並從國家與民族的前途出發，一開始就把兒童教育與兒童文學作為反對舊思想、舊道德、舊文學，提倡新思想、新道德、新文學的重要問題提出來，熱情贊助並推動兒童文學的建設。魯迅最先呼籲：「救救孩子！」指斥幾千年來在中國傳統價值體系中被視為最神聖的「仁義道德」正是最不道德的「吃人」的東西。周作人發表的〈人的文學〉，主張以人道主義為本，對於人生諸問題加以記錄研究，極力排斥非人的文學。

陳獨秀、魯迅、李大釗等主持編輯的《新青年》率先登載了安徒生、托爾斯泰的童話，熱情倡導這種為兒童服務的文學。《新青年》還刊登了魯迅、胡適、沈伊默、周作人、劉半農等以兒童生活為題材的白話詩，同時發表了周作人熱情鼓吹兒童文學

的文章〈讀安徒生童話〉（十之九）與〈兒童的文學〉。由於
《新青年》的大力倡導，教育界、文學界普遍開展了兒童教育新
途徑的探討，呼籲人們把年幼一代從傳統藩籬中解放出來，強調
應該把好的文學給兒童，兒童也需要好的文學。當時的《教育雜
誌》、《婦女雜誌》、《東方雜誌》以及著名的四大副刊《晨
報‧副刊》、《京報‧副刊》、《民國日報‧覺悟》、《時事
新報‧學燈》紛紛發表文章，熱烈探討兒童讀物與兒童文學，
刊登兒童文學作品；有的還開闢了專欄，如《晨報》的《兒童世
界》，《京報》的《兒童周刊》等；兒童文學一時成了教育界、
出版界最時髦、最新鮮的題材。

三、文學研究會的兒童文學運動

　　在五四以後風起雲湧的文學社團中，最關心兒童文學建設、
最有實績的當推以茅盾、鄭振鐸、葉聖陶為首的文學研究會。

　　文學研究會是中國新文學史上第一個完備而成熟的社團。它
有著比較明確統一的文學主張和創作方法，即「為人生而藝術」
與「寫實主義」；它從成立那天起，就高舉為社會人生服務的旗
幟[34]。「為人生」的文學主張使他們以清醒的目光關注著豐富複
雜的社會百態與當代人類的痛苦，並促使他們必然把目光投向人

---

[34] 參見〈文學研究會宣言〉，載於《中國新文學大系》第十冊史料‧索引，頁七
　　一～七二。

生的初步、民族的希望——年幼的一代，極端關心與重視年幼一代的不幸命運與極端缺乏的精神食糧。他們看到了中國兒童長期被壓在社會的最底層，既沒有社會地位更談不上獨立的人格，甚至還「未曾發見了兒童」[35]。他們看到了中國兒童精神食糧的嚴重匱乏，「兒童讀書的福氣，在我們中國是最壞」[36]，「中國向來以為兒童只應該念那經書的，以外並不給預備一點東西，讓他們自己去掙扎，止那精神上的飢餓。」[37]「為人生」的文藝思想決定了文學研究會關心兒童、重視兒童文學的必然性，促使他們自覺地承擔起「為兒童而藝術」的神聖使命。

就在文學研究會籌備之際，該會發起者之一，亦即〈文學研究會宣言〉的起草者周作人，在《新青年》上發表了新文學史上第一篇有系統地論述兒童文學的重要文章——〈兒童的文學〉，熱情鼓吹倡導兒童文學，「希望有熱心的人，結合一個小團體，起手研究」兒童文學[38]，並提出建設兒童文學應從採集民間童話歌謠、改編傳統讀物、翻譯外國作品三方面入手。

一九二一年三月，文學研究會剛剛成立兩個月，該會另一位發起者葉聖陶在《晨報》副刊發表的〈文藝談〉中大聲呼籲：新文學戰士應當「為最可寶愛的後來者著想，為將來的世界著想，趕緊創作適於兒童的文藝作品」，這是新文學面臨的「重要事件

[35] 參見周作人撰〈兒童的書〉，載於《周作人全集》第二冊，頁七八～八〇。

[36] 參見《鄭振鐸和兒童文學》，頁五七七。

[37] 同上。

[38] 參見周作人撰〈兒童的文學〉，載於《周作人全集》第三冊，頁五七六～五八三。

之一」，「是偉大的事業」！他用自己當小學教師的切身體驗，強調兒童對於文學作品飢渴的要求，激烈抨擊傳統舊文學漠視兒童精神食糧的弊端，指出新文學有供給孩子們文學作品的義務與責任。

　　一九二一年七月，文學研究會成員嚴既澄在上海國語講習所暑假專修班，向來自全國十五個省的五百多位教師作了〈兒童文學在兒童教育上之價值〉的演講[39]，強調「真正的兒童教育，應當首先著重這兒童文學」，呼籲學校教育都來重視兒童文學。

　　時隔一年，一九二二年七月，文學研究會的兩位中心人物茅盾與鄭振鐸應邀去浙江寧波暑假教師講習所講學，鄭振鐸講演了〈兒童文學的教授法〉[40]，對兒童文學的性質、作用、特點、原則等作了全面的論述。他認為「文學是普遍的，成人和小孩子都有這種需要，不過兒童期似乎更需要些。」他並強調兒童文學應當與社會人生密切結合。

　　同年一至四月，趙景深與周作人以書信的形式在《晨報・副刊》展開了一場童話討論，這場討論擴大了童話的地位與影響，糾正了當時文壇對童話的一些錯誤看法。為後來者著想，為將來的世界著想，這是與文學研究會「為人生而藝術」的思想完全一致的。茅盾明確提出：兒童文學的一個重要作用就是「要能給兒

---

[39]　嚴既澄撰〈兒童文學在兒童教育上之價值〉載於王泉根評選《中國現代兒童文學文論選》，頁六十。

[40]　鄭振鐸撰〈兒童文學的教授法〉載於王泉根評選《中國現代兒童文學文論選》，頁二一二。

童認識人生」，「構成了他將來做一個怎樣的人的觀念」，引導未來一代「到生活之路去」[41]。正是這種清醒的文學方向與強烈的社會責任感，促使他們高度關注著年幼一代的精神食糧，也是他們發起「兒童文學運動」的重要思想基礎。

關於這場「運動」的起迄年代並沒有明確的規劃，在一九一八年第一期《新青年》刊登關於徵求婦女問題和兒童問題文章的啟事，繼而又將「兒童問題」與「兒童文學」聯繫起來，可見當時人們已開始注意兒童文學的問題。直到一九二一年文學研究會成立後，該會成員開始大力提倡，舉凡兒童文學的理論、創作、翻譯作品應運而生，兒童文學運動當始於此。於一九二九年，朱自清在清華大學執教時編寫的《中國新文學研究綱要》中的「文學研究會」欄目裡，特別標明了「兒童文學運動」，可見這場「運動」是被當時人所認可的。

現代兒童文學的實踐，證明了文學研究會是五四以來對現代兒童文學最為關心、最有成就的文學社團。王泉根著《現代兒童文學的先驅》一書，便明確地指出文學研究會以下的四個特點，因為有他們的努力，才促成了二十年代中國兒童文學興盛發達的局面。[42]

---

[41] 茅盾撰〈關於「兒童文學」〉載於王泉根評選《中國現代兒童文學文論選》，頁三九六。

[42] 以下歸納的四個特點參見王泉根著《現代兒童文學的先驅》，頁一三～一七；又賈植芳、蘇興良等編《文學研究會資料》，頁四九～一四八。

（一）人數眾多，陣容整齊

根據一九二四年出版的〈文學研究會會員錄〉提供的資料顯示，文學研究會會員曾從一九二一年成立時的二十一人，發展到一九二四年時已有一百三十一人，一九二六年時則共有一百七十二人[43]。現存這份目前最完整的〈會員錄〉尚有十八個會員只有登記號碼而無姓名。但我們根據這份不完整的〈會員錄〉可以發現一長串對兒童文學卓有貢獻的作家名單，如：沈雁冰（茅盾）、鄭振鐸、葉聖陶、冰心、周作人、趙景深、俞平伯、王統照、夏丏尊、豐子愷、胡愈之、黎錦暉、嚴既澄、徐調孚、劉大白、劉半農、周建人、高君箴、耿濟之等；如果我們再把曾經發表過兒童文學創作、譯作和評論文章的文學研究會作家名單開列出來，那就更多了，諸如：許地山、廬隱、朱自清、王魯彥、徐玉諾、劉延陵、謝六逸、張近芬、顧頡剛、傅東華、顧仲彝、褚東郊、朱湘、沈澤民、胡仲持、郭紹虞、黎烈文、徐蔚南、耿式

---

[43] 一九二一年文學研究會印了第一份會員錄，可惜這份會員錄至今沒有發現。一九二四年文學研究會又印了第二份會員錄，此時會員已發展至一百三十一人，但第二份的會員錄也長期失落，直至一九八八年四月，出人意料地由旅居美國的文學研究會老會員顧一樵將他保存了六十餘載的那份一九二四年會員錄寄給了冰心，冰心閱後又贈給了現代文學館保存。又據趙景深《文壇憶舊》中〈現代作家生平籍貫秘錄──文學研究會會員錄〉一文記載，在文學研究會後期，經過正式登記的會員一共是一百七十二人，即在一九二四年的一百三十一人之後又發展了四十一人。但這四十一人的名單卻從未印刷過，趙景深曾根據入會志願書抄錄了一份。可藉一九四八年發表時只寫出了其中一部分，即四十一人中只寫出了二十三人的名字，尚有十八人只知其入會編號而不知其名。

之、章錫琛等等。他們或創作、或翻譯、或研究、或編輯、或采風，從各個方面切切實實地開墾著兒童文學的小園地。所以我們可以說，從五四到三十年代初期，中國的兒童文學主要就是憑靠著文學研究會的作家們維持著局面。

（二）骨幹重視，卓有實績

文學研究會的發起人與主要作家都非常關心兒童文學，他們不僅是兒童文學的熱心倡導者，更是卓有成績的積極組織者與實踐者，其中最突出的是茅盾、鄭振鐸、葉聖陶、冰心、周作人。

茅盾和鄭振鐸先後主編《小說月報》，他們主要精力雖然集中在成人文學的建設上，但對兒童文學十分關心。茅盾早年曾在商務印書館編輯《童話》叢書，他一九一八年出版的第一本文學作品就是童話《大槐國》。一九二〇年，當他接手主編《小說月報》之後，仍然滿腔熱情地關心著兒童文學，在三十年代先後寫了十多篇有關兒童文學與兒童讀物的評論文章[44]。鄭振鐸在發起成立文學研究會不久，就創辦了《兒童世界》，他親自動手為孩子們創作，共寫了童話、故事四十三篇，圖畫故事四十六篇，兒童詩三十首，兒童文學和民間文學的評論文章二十一篇，還翻譯了二十四篇童話，和《萊森寓言》、《印度寓言》兩部寓言，一部外國民間故事——《高加索民間故事》；此外他還翻譯了被譽

---

[44] 參見王泉根著《現代兒童文學的先驅》，頁十四～十五。

為「描寫兒童心理、兒童生活最好旳詩歌集」——印度泰戈爾的《新月集》以及希臘神話等[45]。

葉聖陶和冰心的貢獻是在兒童文學創作方面，他們向來被視為中國兒童文學的泰斗。葉聖陶的童話《稻草人》、冰心的散文集《寄小讀者》，整整影響和教育了幾代少年兒童，這是兩部在中國現代兒童文學史上具有里程碑意義的力作。

周作人是較早鼓吹兒童文學的作家。從一九一三年到一九二三年，他發表的兒童文學評論就有二十五篇[46]。這些文章內容豐富、涉及面廣，對兒童文學初創時期作了全面的探討，提出了不少新的見解，是現代兒童文學初創期的重要理論成就；尤其是他的童話理論，對中國的童話研究有著開創性的意義。此外，周作人還較早翻譯了安徒生童話《賣火柴的小女孩》、《皇帝的新衣》和王爾德童話《安樂王子》等。

趙景深在二、三十年代是一位翻譯、創作、研究兒童文學的能手。他曾出版過六十五種兒童文學讀物，三種童話專著：《童話概要》、《童話集》和《童話學ABC》，兩種兒童文學研究資料：《童話評論》和《兒童文學小論參考資料》[47]。發起人的王統照、許地山、耿濟之等，也曾以自己的創作對兒童文學作出貢獻。正由於文學研究會有著這樣關心兒童、熱心兒童文學的核心

---

[45] 同上，頁十五～十六。
[46] 同上。
[47] 同上。

力量，所以在他們積極倡導與影響之下，文學研究會的作家們也都普遍關心兒童文學，這種精神當時蔚成一股風氣。

（三）人才濟濟，實力雄厚

文學研究會出現過許多大作家、大詩人和大學者，如茅盾、葉聖陶、鄭振鐸、冰心、俞平伯、周作人、朱自清……等。由這些赫赫有名的作家投入兒童文學，再加上以一顆熾烈的童心，他們的作品與文論必然受人矚目，影響廣大。考察二十年代的中國兒童文學，我們可以發現，當時的各種兒童文學建設人才幾乎都集中在文學研究會裡。例如：創作藝術童話取得卓越成績的有葉聖陶、鄭振鐸；寫過優秀兒童散文的有冰心、許地山、豐子愷；在兒童小說與兒童詩創作方面產生較大影響的有王統照、俞平伯；對發展兒童戲劇作出特殊貢獻的有黎錦暉；在編輯兒童讀物方面積累新鮮經驗的有鄭振鐸；對建設兒童文學理論體系卓有成就的有鄭振鐸、茅盾、周作人、趙景深。此外，文學研究會不少作家精通外語，或曾出國留學，有較好的外國文學知識和外語修養，因此翻譯外國兒童文學得心應手，其中成績卓越的翻譯者就有：鄭振鐸、周作人、茅盾、夏丏尊、趙景深、胡愈之、徐調孚、傅東華、謝六逸、高君箴、耿濟之、張近芬等，他們都是當時極為難得的兒童文學建設人才。

（四）童心不泯，始終關心

　　文學研究會的作家們關心兒童文學，並把它當作時代的崇高使命，以真切的感情，始終關心著兒童，熱心於兒童文學的建設。即使當他們已成為名震遐邇的大作家，或已是垂暮之年，依然童心不泯，一如既往。最突出的莫過於茅盾、周作人和冰心。且看他們在一九三二年文學研究會解散後，從事兒童文學的情形。茅盾在一九三四年至一九三六年創作了一些兒童小說，其中的《少年印刷工》是中國現代兒童文學史上的第一部中篇兒童小說。葉聖陶則先後創作了童話《火車頭的經歷》、《鳥言獸語》與兒童小說《一個練習生》、《寒假的一天》、《鄰居》等。冰心也有新的兒童詩文問世。

　　一九四九年後，他們依然滿懷激情地斷斷續續為孩子們寫作，或從理論上去指導兒童文學；又如趙景深在一九三五年以後，精力雖已集中到研究古典小說與戲曲，但他還念念不忘兒童文學，翻譯了華德·狄斯耐的《米老鼠救火車》、《米老鼠遊小人國》，還編寫了幾種圖畫故事書，如《一粒豌豆》、《愛兒歷險記》等；豐子愷在四十年代創作了《伍圓的話》、《明心國》等二十多篇童話和兒童故事，他還長期堅持為孩子們創作妙趣橫生的兒童漫畫；許地山在香港《新兒童》雜誌上發表《螢燈》、《桃金娘》等童話。其他如夏丏尊、徐調孚等，曾長期擔任少年兒童讀物的編輯工作。因限於篇幅，不一一詳舉。

文學研究會成員，或就其文學團體之重視兒童文學而言，遠遠超過同一時代乃至以後幾十年文學團體的重視程度，為中國現代兒童文學奠定了歷史的里程碑。

| 第二章 |

五四時期兒童文學發展

第一節　文壇共襄盛舉

在五四新文化運動以後產生的中國現代文學，有個非常引人注目的現象，那就是第一批的新文學家幾乎或多或少都曾接觸過兒童文學，並為剛起步的兒童文學貢獻他們的熱情與心力，或從理論上倡導，或從創作、翻譯上實踐，或兼而有之的全方位發展，在在為中國現代兒童文學掀起了最初的扉頁。

五四時期的兒童文學引起了社會廣泛的關注，形成了一支看似鬆散實際上卻足夠強大的研究隊伍。這支隊伍主要由兩部分人員構成，其一是關心兒童文學事業的作家，其中包括了新文化運動中的許多大家巨擘和文壇菁英。其二是熱衷兒童文學理論研究的教師和編輯等。

考察五四時期的中國兒童文學，我們很容易發現這個現象：它常與當時中國文學界那些最輝煌的名字緊緊聯繫在一起。以魯迅、郭沫若、茅盾、周作人等為代表的新文學巨擘和文壇菁英人士的參與，為中國兒童文學的發展史寫下了最具時代光彩和文化底蘊的一頁，同時也構成中國兒童文學發展史上的一大人文奇

觀。特別是中國現代文學史上出現最早、陣容強大、影響深遠的新文學社團——文學研究會，該會中堅份子如周作人、茅盾、鄭振鐸、冰心、葉聖陶以及許地山、朱自清、廬隱、趙景深、徐調孚、夏丏尊、劉半農、謝六逸、耿濟之、俞平伯、周建人、黎錦暉、褚東郊、胡愈之、豐子愷、王統照、高君箴等，都曾在兒童文學領域留下過足跡。文學研究會成員，成就其文學團體之重視兒童文學而言，則遠遠超過同一時代乃至以後幾十年文學團體的重視程度。這些文學大師或知名作家、學者、團體的加入，對於現代兒童文學開創時期的興盛局面，無疑是一股重大的助力。

五四兒童文學的另一支隊伍是由熱衷兒童文學的教師、編輯們所組成。例如魏壽鏞、周侯予、嚴既澄[1]、張梓生、朱鼎元、顧均正[2]等。魏壽鏞、周侯予、朱鼎元都是當時無錫的江蘇第三師範附屬小學的教師。張梓生曾在紹興僧立小學和明道女校任教，一九二二年後到商務印書館任《東方雜誌》編輯；嚴既澄於一九二一年到商務印書館工作，之後曾任大中學校教師及報刊編輯；顧均正曾任小學教師，一九二三年後也進入商務印書館任編輯[3]。儘管這些教師、編輯的社會知名度在當時遠不如那些叱咤文壇的著名作家，但他們默默地付出卻為中國的現代兒童文學作出了特殊的貢獻。一九二三年八月，商務印書館出版了魏壽鏞、

---

[1] 嚴既澄也是文學研究會的成員之一，曾任教師與編輯。
[2] 顧均正也是文學研究會的成員之一，曾任教師與編輯。
[3] 參見張之偉著《中國現代兒童文學史稿》，頁四七～四九。

周侯予合著的《兒童文學概論》；一九二四年十月，中華書局出版了朱鼎元所著的《兒童文學概論》[4]。

所以可以說，在上述兩支研究隊伍的相互呼應、配合和相互支持、補充下，共同為中國的現代兒童文學寫下一篇輝煌的史頁！

兒童文學陣地的擴展和鞏固，則有賴於報刊雜誌的刊行廣為流傳。五四時期的一些比較進步的大中小型的文學雜誌，和有關青年修養的刊物，都對兒童文學傾注了很大的熱情與心力，慷慨地為兒童文學提供發表的園地。其中作為成人刊物的《每周評論》和《中國青年》曾發表過程生的〈白旗子〉：蔣光慈的〈瘋兒〉；《新青年》也曾發表過魯迅的〈我們現在怎樣做父親〉、周作人的〈兒童的文學〉等文章；《婦女雜誌》發表過丁錫倫的〈兒童讀物的研究〉。張梓生的〈論童話〉、馮飛的〈童話與空想〉、仲密的〈神話與傳說〉等文章；《教育雜誌》發表過嚴既澄的〈兒童文學在兒童教育上之價值〉；《東方雜誌》發表過夏丏尊的〈近代文學與兒童問題〉；《晨報・副刊》發表過葉聖陶的〈文藝談〉、趙景深與周作人的〈童話的討論〉、趙景深的〈童話家之王爾德〉、冰心的新詩、小說、散文與《寄小讀者》等文章；《民國日報》副刊《覺悟》發表過加白的〈童謠的藝術價值〉、馮國華的〈兒歌的研究〉等文章；《時事新報》發表過鄭振鐸的〈兒童文學的教授法〉；《歌謠周刊》發表過周作人的

---

[4]　參見張香還著《中國兒童文學史》（現代部分），頁七三～七五。

〈兒歌之研究〉等文章；《小說月報》的「兒童文學」專欄也陸續刊出安徒生、格林、王爾德、托爾斯泰等作品的譯文，並發表了愛羅先珂等人的童話，一九二五年曾出版上下兩卷的《安徒生專號》，收安徒生童話二十二篇，以及安徒生的評傳、年譜等。此外，《出版界》、《文學周刊》、《文藝旬刊》、《初等教育》、《民鐸》、《虹紋》、《微波》等刊物，都曾發表過數量不等探討兒童文學的文章。而《中華教育界》更在第十一卷第六期推出了一輯研究兒童用書的專號，集中發表了周邦道的〈兒童的文學之研究〉、章松齡的〈關於兒童用書之原理〉、劉衡如的〈兒童圖書館和兒童文學〉、饒上達的〈童話小說在兒童用書中之位置〉、方秉性的〈補助讀本的必要和揀選的標準〉、錢希乃的〈小學校閱讀材料〉、祝其樂的〈兒童閱讀指導〉、官廉的〈圖畫與兒童用書的關係〉、沈振聲的〈「兒童用書之研究」為什麼是一件特別要緊的事〉等文章[5]。

　　以上這些刊物並非專為兒童所創辦的，專為兒童創辦的是一九二二年一月由鄭振鐸主編，商務印書館出版的《兒童世界》。雖然這個刊物的宗旨在一定程度上受西方影響[6]，但它的本質文學性強，且深具兒童趣味，提供音樂、美術、科學等知識給小讀者。一九二二年《兒童世界》創刊第一年一至四卷的極大多數作

---

[5]　參見四川少年兒童出版社《兒童文學概論》編寫組編寫的《兒童文學概論》，頁一七四～一八三；又王泉根編《中國現代兒童文學文論選》。

[6]　參見鄭振鐸撰〈兒童世界宣言〉，載於《中國現代兒童文學文論選》。《兒童世界》編輯宗旨深受美國麥克林束（Macclintock）的影響。

品，都是由文學研究會成員撰寫的，其中有：鄭振鐸、葉聖陶、趙景深的童話和圖畫故事；胡愈之、耿濟之、耿式之、高君箴編譯的外國童話；俞平伯、嚴既澄、顧頡剛、章錫琛的兒童詩和兒歌；王統照的兒童小說；周建人的自然故事；徐調孚的謎語等。《兒童世界》不但結合了文學研究會一批熱心兒童文學的作家，還向其他作家和有經驗的教師們徵稿，並培養和發現不少兒童文學人才。例如胡繩、吳懷琛、吳研因、許敦谷、沈志堅、卓西等，都是在《兒童世界》中嶄露頭角的[7]。

　　這一時期，商務印書館還出版了供七、八歲兒童閱讀的《兒童畫報》和供十一、十二歲少年閱讀的《少年雜誌》和《學生雜誌》。接著中華書局編輯部也創辦了《小朋友》，由黎錦暉主編，該刊宗旨大致與商務印書館的《兒童世界》相同，只是商務印書館的比較偏重於外國兒童文學作品的譯述，中華書局的《小朋友》比較偏重於創作[8]。此外還陸續出版的少年兒童刊物尚有：一九一九年江蘇太倉縣學生聯合會出版的《新學生》，一九二三年北京教育界主辦的《兒童報》周刊，徐朗西主辦、周琴文編輯的《兒童報》，一九二四年天津出版的《小學生》雜誌和《小同伴》，一九二五年中國少年衛團編輯、學光社發行的《新少年旬刊》，其他還有《進德》、《兒童學報》等[9]。這些兒童

---

8 參見四川少年兒童出版社《兒童文學概論》編寫組編寫的《兒童文學概論》，頁一七九～一八〇。

報刊的出現，反映出有識之士對兒童讀物的關心。

這所有的一切，在在顯示了中國兒童文學的早期發展，一開始就不僅僅依靠一批新文學大師們的參與，更有重要的學術園地與出版機構的共襄盛舉，從理論、翻譯、創作各方面全面出擊，多層面地充實了中國現代兒童文學。

第二節　盛行背景

中國現代兒童文學早期的發展，乃由一批新文學大師們的參與，和重要的報刊雜誌與出版機構的共襄盛舉，從理論、翻譯、創作各方面全面出擊，奠定了中國現代兒童文學堅實的基礎。但這批新文學大師與當時的出版機構為何如此熱烈傾注他們的心力於兒童文學？這是值得進一步深入探究的問題。

首先必須回顧到清末民初的白話文運動，亦即國語統一運動[10]。清末時期，中國受到列強的侵凌，為了抵禦外侮所以必須學習洋務，為了開通民智所以必須普及教育，因而產了口語和文字合一的需求，產生了國語統一運動。民國初年的五四新文學運動也因此有了共通的語言基礎，不必擔心南腔北調的分歧，對新

---

[10] 參見鄭學稼撰〈北伐前的白話文學〉，載於《中國現代史論集》第六輯。他說：「白話文的意義是國語文。由於北京是首都，是長期的政治中心，北京話叫做『國語』，因此白話文實就是用北京話寫的文章。」關於國語統一運動的詳細內容，可參閱方衛平著《中國兒童文學理論批評史》頁一三〇與周錦著《中國新文學史》頁三六。

文學運動有很大的幫助。中國現代兒童文學的發展也恰逢其時，正可運用當時流行的白話文來創作、改寫給兒童閱讀的詩歌、散文、童話、小說等，更可利用白話文來從事翻譯外國兒童文學作品，將外國的兒童文學作品與理論介紹給國人。

其次，五四新文化運動啟發人們對婦女與兒童問題的再思考。五四以前中國還沒有「兒童文學」的名稱，中國文學雖然發端於三千年前，但一直到二十世紀才有專為兒童而寫的文學。兒童文學在當時引起大眾的關切，乃導因於陳獨秀主編的《新青年》在一九一八年第一期刊登了一則關於徵求婦女問題和兒童問題文章的啟事，繼而又將「兒童問題」與「兒童文學」聯繫起來[11]，這說明了長期處在少有人過問的兒童已經開始得到人們的重視與關懷了。

周作人曾說：「以前的人對於兒童多不能正當理解，不是將他當作縮小的成人，拿『聖經賢傳』，盡量的灌下去，便將他看作不完全的小人，說小孩懂得甚麼，一筆抹殺，不去理他。」[12] 鄭振鐸也曾尖銳地批評說；「科舉未廢止以前的兒童讀物，……簡直是一種罪孽深重的玩意兒，除了維護傳統的權威和倫理觀念以外，別無其他的目的和利用」，它們向孩子灌輸的是「忠君孝父的倫理觀念；顯親榮身的利己主義；安分守己的順民態度；腐

---

[11] 茅盾撰〈關於「兒童文學」〉，載於《中國現代兒童文學文論選》，頁三九五～三九九。

[12] 周作人撰〈兒童的文學〉，載於《周作人全集》第三冊，頁五七六～五八三。

爛靈魂的反省的道學的人格教育；……而所謂兒童讀物，響應了這種要求，便往往的成了符咒式的韻語，除了注入些『方塊字』的形象之外，大都是使他們茫然不知所謂的。」[13]由此可知，古代的所謂兒童讀物，並不符合兒童的心理，有的甚至連成人也不易讀懂，如《四書》、《五經》、《史鑒》、《聖諭廣訓》之類。即使是較通俗的讀物，如《千家詩》、《神童詩》等，其中的內容也遠離兒童特點，窒息兒童的想像世界，扼殺年幼一代的身心發展。

所以現代兒童文學的先驅者都一致指出那些少得可憐的兒童讀物，絕大部分是不適合兒童閱讀的。周作人便曾說過：「中國向來缺少為兒童的文學。就是有了一點編纂的著述，也以教訓為主，很少藝術的價值。」[14]漠視兒童的想像和感情，侷限於「尊君、衛道、孝親」的藩籬，使兒童變成「低眉順眼，唯唯諾諾」的木偶和順民。這與五四時代需要未來一輩「養成他們有耐勞作的體力，純潔高尚的道德，廣博自由能容納新潮流的精神」[15]的要求格格不入。所以他們以「兒童本位」的觀點，對兒童文學提出以兒童特徵與欣賞情趣為出發點，而不是以「載道」為目的的要求，宣布只有像童話、神話、兒歌、故事之類被傳統士大夫斥

---

[13] 鄭振鐸撰〈中國兒童讀物的分析〉，載於《中國現代兒童文學文論選》，頁三六〇～三七七。

[14] 周作人撰〈呂坤的《演小兒語》〉，載於《周作人全集》第五冊，頁二七四～二七七。

[15] 魯迅撰〈我們現在怎樣做父親〉，載於《魯迅全集》第一冊，頁一二九～一四三。

為「小貓叫，小狗跳」的「荒唐乖謬」的作品才是最佳的兒童讀物。這就將一切歷代聖賢立言的載道讀物毫不客氣地清除出了兒童讀物的範圍。這正是從五四開始，統治了中國兒童教育、兒童讀物領域數千年的《四書》、《五經》、《聖諭廣訓》、《三字經》、《千字文》等載道讀物的壽終正寢，童話、神話、兒歌、故事之類兒童文學，方出現欣欣向榮的景象。

五四時期是思想、個性解放的時代，他們並著眼於國家與民族的前途，一開始就把兒童教育與兒童文學作為反對舊思想、舊道德、舊文學，提倡新思想、新道德、新文學的途徑之一，熱情贊助並推動兒童文學的建設。魯迅最先吶喊：「救救孩子！」指斥幾千年來在中國傳統價值體系中被視為最神聖的「仁義道德」正是最不道德的「吃人」的東西。周作人發表的〈人的文學〉，也主張以人道主義為本，極力排斥非人的文學。胡愈之也以「蠢才」的筆名發表了〈童話與神異故事〉[16]，感歎在新形勢下兒童文學的寂寞，為了未來，呼籲大家要重視兒童文學，他說：

為文化的未來，打一打盤算，兒童文學的產生，似乎比什麼都要緊哩。因為在我們成年人當中，也許有許多人是已陷入傳統思想的地窖裡，再也受享不到外邊的光明了。但是我們的孩子——未曾中過毒的孩子，卻不應該再讓他沉

---

[16] 胡愈之撰〈童話與神異故事〉，載於《文學旬刊》一九二一年第六期。

淪下去。我們應該怎樣培養孩子們的「心靈之花」，怎樣燃燒孩子們的「生命之火」，使他們有充分的能力，擔當未來的文化重任？這不是創作家的重要職務嗎？何以現代的作家，對於兒童文學，竟不試一試呢？

郭沫若在〈兒童文學之管見〉一文中也指出：

人類社會根本改造的步驟之一，應當是人的改造。人的根本改造應當從兒童的感情教育、美的教育著手。有優美純潔的個人才有優美純潔的社會。因而改造事業的組成部分，應當重視文學藝術。……兒童文學的提倡對於我國社會和國民，最是起死回春的特效藥，不獨職司兒童教育者所當注意，舉凡一切文化運動家都應當別具隻眼以相看待。今天的兒童便為明天的國民。

由此可見，五四新文化運動的倡導者們是把兒童文學作為人類社會改造的步驟之一，所以首批的新文學大師們便傾注他們的心力與熱情來關心兒童問題與兒童文學，有的甚至是從兒童文學步入文壇的，所以兒童文學遂順理成章地應運而生，一方面又受到出版界的關心，因而在此時期萌芽、茁壯。

雖然，在五四以前中國已經開始譯介外國兒童讀物，但是當時的譯介並不全是為了兒童，不是以兒童的需求為出發點，很大

的程度上是為了成人的政治目的與功利主義的需求。一般而言，當時的譯介受了「西學為用」的影響，旨在「開發民智」、「冀我同胞警醒」，向少年一代灌輸愛國、民主思想，因而愛國、教育、科學等題材翻譯得最多，出現了諸如愛國小說、科舉小說、教育小說、冒險小說等作品。如梁啟超翻譯的《十五小豪傑》，包笑天改譯的《馨兒就學記》、《愛國幼年會》，林紓譯的《愛國二童子傳》、《魯濱遜飄流記》等[17]。這些讀物的出現，客觀上雖豐富了清末民初年幼一代的精神食糧，但對於當時的中國兒童文學並沒有受到警醒感奮的作用，其最根本的原因就是當時譯介的目的在宣傳科學與民主，而不是為了服務兒童。所以翻譯者無論在選題和翻譯手法上都不是從兒童出發，而是依照成年人的意志與審美價值，按照國情所需，任意增刪、改寫，所以絕大部分譯作都成了改頭換面、不中不西的改譯或編譯，有的甚至在譯作中任意添加自己的創作。如陳家麟、陳家鐙在一九一七年用文言文翻譯的安徒生童話〈十之九〉，把「照著對孩子說話一樣寫下來」的童話全變成了「用古文來講大道理」的「班馬文章，孔孟道德」，使安徒生童話「最合兒童心理」的藝術特色都「『不幸』因此完全抹殺」。為此，周作人曾在《新青年》上作過尖銳的批評，認為這實在是安徒生在中國的一大悲劇[18]。以載道為主

---

[17] 參見張香還著《中國兒童文學史》（現代部分），頁五〇～五一。

[18] 周作人撰〈讀安徒生童話〈十之九〉〉，載於《中國現代兒童文學文論選》，頁八七一～八七六。

要目的的翻譯，大大削弱了外國兒童文學的真實思想內容與藝術特色，並削弱了異國作品的民族情調與獨特風格，削弱了作為兒童文學必須具備的「兒童化」特色，自然也因此削弱了這些譯作的影響、借鑒與促進作用[19]。

　　但是，到了五四時期根據「兒童本位」的觀點，翻譯不再是為了載道而是為了兒童，於是出現煥然一新的變化。不少譯者從兒童的需要出發，把原先任意改譯的作品又作一次重譯，恢復它們本來的面貌。如周作人將劉半農改譯的安徒生童話〈洋迷小影〉重譯為〈皇帝的新衣〉，夏丏尊將包笑天改譯的《馨兒就學記》重譯為《愛的教育》等[20]。茅盾在考察五四時期兒童文學的翻譯狀況時曾作過這樣的結論：

> 五四時代的兒童文學運動，大體說來，就是把從前孫毓修先生所已經「改編」（retold）過的或者他未曾用過的西洋的現成「童話」再來一次所謂「直譯」。我們有真正翻譯的西洋「童話」是從那時候起的。[21]

　　外國兒童文學的大量輸入，一方面填補了五四時期成人式的兒童讀物留下的空白，再一方面則對新的兒童文學起了啟發和

---

[19]　春撰〈兒童文學的翻譯問題〉，載於《文學旬刊》一九二一年第十一期。
[20]　同註十七。
[21]　同註十一。

借鑒的作用，促使兒童文學的先驅者產生了「自己來試一試的想頭。」[22]

這種「試一試」的實踐則表現在兩方面，一是借外國的榜樣開始整理、開發中國民間兒童文學；二是進行創作與理論的探究。這是五四時期出現的嶄新氣象。

關於整理開發中國的民間兒童文學，以兒歌的採集成效最大。一九一八年，當時在北京大學任教的劉半農、周作人、沈伊默等，設立了歌謠徵集處，發起全國性的徵集民間歌謠活動。一九二〇年，成立了歌謠研究會。一九二二年，又創辦了《歌謠》周刊。結果在全國各地共收錄了一萬三千多首民歌，其中以傳統的兒童歌謠為主[23]。周作人、顧頡剛、褚東郊、馮國華等並撰寫了研究兒歌的文章，分析兒歌的起源、分類、特徵及其在兒童文學中的地位與作用。這些文章推翻了兒歌童謠是由天上的「熒惑星」降凡以「惑童兒歌謠喜戲」預示人間災異禍福的陰陽家謬論[24]。認為傳統兒歌「音韻流利，趣味豐富」，「思想新奇」，「不僅對於練習發音非常注意，並且富有文學意味，迎合兒童心理，實在是兒童文學裡不可多得的好材料」[25]。一九一九年由少年學會創辦的《少年》半月刊，也很重視兒歌的採集，

---

[22] 葉聖陶撰〈我和兒童文學〉，載於《我和兒童文學》，頁三一十。

[23] 同註十九，頁五三～五七。

[24] 周作人撰〈兒歌之研究〉，載於《周作人全集》第五冊，頁二四八～二五五。

[25] 褚東郊撰〈中國兒歌的研究〉，載於《中國現代兒童文學文論選》，頁五七七～五九八。

該刊除發表童謠、兒歌、故事外，還刊登了〈《中國的兒歌》序〉、〈《北京的歌謠》序〉、〈幫助研究近世歌謠的朋友〉等文章[26]。這種大規模的兒歌搜集整理工作，對兒童詩歌的發展產生很大的影響，使五四時期的兒童文學呈現出豐富多彩的局面。

中國的兒童文學不論是翻譯、理論或創作都直接或間接地受到外國兒童文學的影響與啟發。葉聖陶曾在〈文藝談〉一文中說：

> 介紹外國的文學作品、文藝理論、文學源流和文學批評等等所以重要，所以有價值，乃在喚起我們的感受性，養成我們的創作力，也就是促醒我們對於文學的覺悟。

葉聖陶對兒童文學創作有「試一試」的念頭，也是受外國文學的影響。五四時期最初的兒童文學創作，有兩種情形，一種是寫兒童生活，或借助兒童文學的樣式，表現的卻是成人的感情。如周作人發表於《新青年》的詩〈路上所見〉、〈兒歌〉，劉半農的詩〈學徒苦〉、〈奶娘〉、〈一個小農家的暮〉。這些詩作雖然是以兒童生活為引子，或以兒歌的形式表現，但表達的卻是作者對現實社會的看法與對兒童的摯愛之情[27]。另一類作品則是直接為孩子們寫的，兒童化的味道相當濃厚。茅盾和葉聖陶的童話及兒童詩是五四初期兒童文學創作的主要成果。茅盾與葉聖陶

---

[26] 同註十七。

[27] 參見孫建江著《二十世紀中國兒童文學導論》，頁一七一～一七七。

的兒童文學作品，將於以後分別以專節論述。一九二二年文學研究會成立，更有一支陣容強大的生力軍出現，有翻譯有理論更有創作，人才濟濟實力雄厚，使兒童文學更為壯盛，並邁向茁壯的成長期。

　　文學研究會是個文藝思想明確的社團，他們反對「將文藝當作高興時的遊戲或失意時的消遣」[28]，極力宣傳為人生而藝術的理念。這個思想也引導了文學研究會關心兒童問題與兒童文學的必然性，為人生而藝術的思想再加上外國兒童文學的影響，正是他們從事兒童文學的出發點與兒童文學理論建設的思想準繩。文學研究會裡，對兒童文學理論建設卓有成果的有周作人、茅盾等人，他們的兒童文學理論將於以後分別以專節論述。特別應指出的是魯迅與郭沫若，魯迅雖然沒有正式加入文學研究會，但也參與《文學研究會叢書》的翻譯工作，並有開拓性的兒童文學理論，所以並不能忽略他的存在，關於魯迅的理論建設亦於以後以專節論述之。郭沫若與文學研究會持有不同主張，是強調「為文學而文學，為藝術而藝術」的創造社的主要成員，也在《創造周刊》上發表了觀點鮮明的〈兒童文學之管見〉，表示了對兒童文學發展的關切，全面地提出了建設兒童文學的主張。

　　清末民初的白話文運動無形中是兒童文學發展最初的助力，再加上五四新文化運動思想的啟蒙，與外國兒童文學作品的譯

---

[28]　〈文學研究會宣言〉，載於《文學研究會評論資料選》上冊，頁二七九。

介，促使新一代的文學大師對兒童文學傾注心力，文學研究會的成立對兒童文學發展而言有如虎上添翼，從理論上倡導，或從創作、**翻譯**上實踐，或兼而有之的全方位發展，使兒童文學成了蒸蒸日上的局面。

第三節　努力成果

隨著五四新文化運動的發展和深入，兒童文學出現了一片生機蓬勃的景象，無論在兒童文學理論、詩歌、童話、小說、散文、戲劇諸方面，都有劃時代的規模與成績。本時期兒童文學在**翻譯**、理論上的探索與創作上的實踐，為現代兒童文學的建設和發展開創了全方位的新局。

一、翻譯方面

在這一時期內，大量的外國優秀兒童文學作品被譯介到中國，這對於中國的兒童文學發展無疑起了積極的作用。魯迅在〈小彼德‧序言〉中指出，「凡學習外國文學的，開手不久，便選擇童話。」丹麥童話作家安徒生和他的作品，最先引起知識界的興趣。《新青年》雜誌在一九一八年就以專題介紹安徒生，並**翻譯**刊登他的著名童話作品〈賣火柴的女孩〉；同年中華書局出版了陳宗麟、陳大鐙兩人合譯的《安徒生童話集》〈十之

九〉，內容包括了〈火絨筐〉、〈國王之新服〉、〈牧童〉等六篇作品[29]。一九二〇年《少年雜誌》也翻譯了安徒生的童話作品〈火絨盒〉、〈皇帝的新衣〉[30]。一九二一年由茅盾主編的《小說月報》和王蘊章主編的《婦女雜誌》，分別開闢了「兒童文學」和「兒童領地」專欄，這兩本雜誌除繼續介紹安徒生作品外，還注意了格林、王爾德、托爾斯泰的作品。一九二三年《小說月報》又刊登了愛羅先珂等人的童話；到了一九二五年，該刊又接連續編輯了兩期「安徒生專號」，趙景深、徐調孚、顧均正、胡愈之等人都曾為它執筆。其中除收輯安徒生童話二十二篇外，顧均正還在該刊編寫了〈安徒生評傳〉，以及由顧均正、徐調孚合編的《安徒生年譜》，對這位著名的丹麥童話作家作了全面而詳盡的介紹[31]。

英國童話作家王爾德，是僅次於安徒生而受到中國讀者注意的一個作家。穆木天最早翻譯出版了《王爾德童話》一書，張聞天和汪馥泉並為它寫了〈王爾德的童話〉的論文，對王爾德作了深入的評述[32]。

魯迅在一九二二年，翻譯了俄國作家愛羅先珂的《愛羅先珂童話集》，次年又翻譯了他的另一童話劇《桃色的雲》[33]。

鄭振鐸對安徒生也有極高的評價，他主編《兒童世界》時

---

[29] 參見四川少年兒童出版社《兒童文學概論》編寫組編寫的《兒童文學概論》，頁一七五～一七六。

[30] 參見張香還著《中國兒童文學史》（現代部分），頁五七～六〇。

[31] 參見王泉根著《中國兒童文學現象研究》，頁六〇～六三。

[32] 同註三十，頁五〇～五二。

[33] 同註三十一，頁八一～九一。

期，就對安徒生的童話進行過介紹。一九二五年，他還翻譯了德國作家狄爾的《高加索民間故事》，其後在一九二六年又翻譯出版了德國著名詩人歌德的敘事詩《列那狐》以及《萊森寓言》、《印度寓言》等作品[34]。

茅盾在一九二七年翻譯了俄國作家契訶夫描寫兒童生活的短篇小說《萬卡》。趙景深、顧均正、趙元任、嚴既澄、徐調孚、陳伯吹等，也都在此時期從事過外國兒童文學作品的翻譯工作。其中，徐調孚還編輯了翻譯介紹外國優秀兒童文學作品的《世界少年文學叢刊》，其中包括趙景深譯的《月的話》、《皇帝的新衣》、《橋下》，徐調孚譯的安徒生童話《母親的故鄉》，顧均正譯的安徒生童話《夜鶯》、《小杉樹》、《水蓮花》等七本書。其他，顧均正也翻譯了挪威民間故事《三公主》印度史蒂文生的兒童小說《寶島》等[35]。

二、理論的探索：

在五四初期，兒童文學理論的研究、探索，被看作是提倡兒童文學、進行兒童文學實踐的一個先決條件。

一九二一年胡愈之以「蠹才」的筆名在《文學旬刊》以〈童話與神異故事〉為題，呼籲大家要重視兒童文學。一九二二年夏

---

[34] 同註三十，頁一二〇～一三〇。
[35] 同註二十九。

丏尊在《東方雜誌》發表〈近代文學與兒童問題〉一文中曾說：
「我愛『兒童底國』，這國現今還埋沒在煙波裡面，未曾發見。
我得用了我的船去尋求。」

　　兒童文學在眾人的呼籲聲中逐漸活躍起來。寫文章的大多是
在中小學擔任教員的實際教育工作者，他們以兒童教育工作者的
角度，深切體會到兒童文學和兒童教育兩者之間的緊密聯繫。因
此，對兒童文學的提倡具有很高的熱情。他們發表的見解，往往
圍繞在兒童文學的實質、來源、作用，並涉及到兒歌、童話、兒
童戲劇、科學小說等方面。他們也大多從美國教育家杜威那裡接
受了「兒童中心」的教育思想，強調「兒童本位論」的觀點。本
時期有不少作者的文學觀點都是依據杜威的思想進行闡釋的[36]。

（一）兒童文學概念的研究

　　一九二三年，商務印書館出版了魏壽鏞、周侯予合編的《兒
童文學概論》其中說明：

> 兒童文學，就是用兒童本位組成的文學，由兒童的感官，
> 可以直接訴於他精神的堂奧的。換句話說：就是明自淺
> 顯，饒有趣味，一方面投兒童心理之所好，一方面兒童可
> 以自己欣賞的文學。

---

[36] 同註三十一，頁七三。

一九二四年中華書局出版了朱鼎元的《兒童文學概論》，在論述到兒童文學的實質時，也認為：

> 兒童文學，是建築在兒童生活和兒童心理的基礎上的一種文學，以適應兒童自然的需要，……從創作方面說：定要熟悉兒童心理或赤子之心未失的人，化身為嬰兒，然後自然地表現其情感與想像。從鑑賞方面說：定要使兒童欣賞時，覺得完全出自己心坎，不期然而與之起渾化作用。

一九二四年新文化書社出版了趙景深編的《童話評論》一書，其中有嚴既澄的〈兒童文學在兒童教育上之價值〉，他說：

> 兒童文學，就是專為兒童用的文學。他所包涵的，是童謠、童話、故事、戲劇等類，能喚起兒童興趣和想像的東西。……現代的新教育，既然要拿兒童做本位，那末，凡是叫兒童文學的必得是那些切於兒童的生活，適應兒童的要求，能喚起兒童的興趣的東西。

上述的這些著述，普遍認為兒童文學是建築在兒童生活和兒童心理的基礎上的一種文學，是為了適應兒童的需要，用兒童本位組織的一種文學。

（二）兒歌的理論研究

一九一八年，在北京大學任教的劉半農、周作人、沈伊默等人，設立了歌謠徵集處，發起全國性的徵集民間歌謠活動。一九二〇年，成立了歌謠研究會。一九二二年，又創辦了《歌謠》周刊。在全國各地共收錄了一萬三千多首民歌，其中以傳統的兒童兒歌的文章，分析兒歌的起源、分類、特徵及其在兒童文學中的地位與作用[37]，其中以一九二一年褚東郊在《小說月報》上發表的〈中國兒歌研究〉一文為代表。首先他在文章中援引了許多口傳的兒歌，從而闡述了兒歌和兒童之間密切的關係，他對兒歌的文學性作了高度的評價，他認為：

> 唱歌是兒童的一種天然的需要。自二三歲呀呀學語的兒童起，至八九歲智識漸開的兒童止，不論是男是女，都很歡喜唱歌。他們所唱的歌詞，雖然不著於文字，全憑口授，轉輾相傳，不知作者為誰，但是音韻流利，趣味豐富，都含有一種自然的美妙。有些竟可與大詩家精心構撰之作相媲美。

另一作者馮國華在一九二三年在《民國日報》副刊《覺悟》發表了〈兒歌底研究〉，就兒歌在兒童文學上的位置、兒歌在教

---

[37] 同註三十，頁五三～五七。

育上的價值、兒童心理略述、兒歌的內容、兒歌的形式、兒歌的選擇等六個方面進行闡述。他所涉及的兒歌範圍，比褚東郊〈中國兒歌研究〉有了進一步發展。他首先說明了兒歌的重要性：

> 兒歌在幼兒前期的兒童看來，尤為重要；因為兒歌是有協韻的，聽起來容易入耳，唱起來容易上口。……兒歌在兒童文學中，從時間上講起來，實占第一個時期。

文章中並分析了兒歌的教育作用：

> 兒童並非成人底縮影，他自有他底生活；而教育底目的在滿足人們底生活需要，所以兒歌在教育上自有其獨立的價值。……教育效能也可以增加；且於此就可養成讀書的興趣和習慣。[38]

馮國華還從兒童的心理特點出發，在「兒童心理略述」一節中，指出了兒童具有豐富的想像力，「他們以為草木能夠說話，貓狗是有知識的」，並分析了他們的好奇心，「看見一事一物，總要問這是什麼，那是什麼，推源問果；俗話所謂打碎鳥盆問到底，就是這時期兒童的特徵。」因此，作者對兒歌的要求與主張

---

[38] 馮國華撰〈兒歌底研究〉，載於《中國現代兒童文學文論選》，頁五六四～五七六。

是：一、順應兒童心理；二、取材要在兒童生活裡的；三、音節要自然；四、命意有趣而不鄙陋四個方面。[39]

　　對於兒歌的形式，他認為：一、語句組織須合兒童口語；二、用字要俗，要求兒歌作者注意於「一、要於兒童的心理有所研究，二、於兒童的文學有所研究，三、自己能入於嬰兒的世界。」[40]

　　對於兒歌的選擇標準，「用客觀的眼光，評定兒歌優劣」提出「一、讓兒童自己鑒定，拿兒歌給兒童唱，兒童歡喜唱的，就算好的。二、要兒童化——入於嬰孩的世界。三、用客觀的眼光，定『至少精粹』的方法——教材的需要，各地不同，惟在同年齡，同智慧的兒童，所需要的教材，大旨相仿，故合多數兒童所好的，這就是『至少精粹法』。」這種具體而深入地從兒歌的內容到形式以及選擇標準的討論，雖然還是粗略的，但對兒童詩歌的創作實踐，是極為有益的。

（三）童話的理論研究

　　五四時期對於童話理論的研究，多數仍然接受歐美文學的影響，從人類學、民俗學等角度去進行探討。

　　其中以周作人的童話理論最為豐富，以後將以專節論述之。另外，一九二一年張梓生也在《婦女雜誌》上發表了〈論童話〉一文，較為系統地論述途了童話這一特定的兒童文學形式。他認

---

[39] 同上。
[40] 同上。

為「童話和神話、傳說，都有相連的關係。」因此，他給童話下的定義是：「根據原始思想和禮俗所成的文學。」主張「童話的效用，在教育上很有價值……。」他從童話作了研究，認為童話由原始而來，它的流傳變化，不免要受文化的支配。張梓生還就童話的內容分類，一、純正的（代表思想的和代表習俗的）；二、遊戲的（重複故事，趣話，物語）。他認為純正的童話「多是從原始人類傳下來的；或從世說轉變而成。」他認為遊戲童話，「大抵後世文人，意度原人造作出來的。」他也非常肯定童話的教育作用，他說：「童話能夠適合兒童心理。隨著自然發達的順序，開浚兒童心靈，在幼稚教育、藝術教育上，尤有著重的價值。」[41]

此外，當時也有人涉及童話創作的幻想問題。馮飛在一九二二年《婦女雜誌》中發表了〈童話與空想〉一文，文中從「空想」即幻想對人們生活的作用，進一步提到了文學上的「空想」、「幻想」。「至於文學、詩歌、音樂、美術等，更不能將空想除外了。優美高尚的空想之存在，實是藝術的生命。」文章根據歐美的一些作品把童話的空想分成：「一、小神仙的空想；二、巨人的空想；三、異常動物的空想；四、自然人格化的空想；五、其他各種之空想。」作者結合兒童心理特徵作了研究，認為：兒童的「空想」，有些地方，就大人的眼光覺得非常無

---

[41] 張梓生撰〈論童話〉，載於《中國現代兒童文學文論選》，頁四三六～四四二。

趣，而兒童卻聽得津津有味。因此，他認為：「所以給兒童聽的童話中，空想極是不可缺的東西，可說除空想無童話的。」[42]由此可見，馮飛是非常強調幻想對兒童文學寫作的重要性。

（四）兒童讀物的思想研究

兒童讀物的思想性問題，在本時期也引起了人們的重視，雖然分量並不多。一九二二年，素石在《民國日報》的副刊《覺悟》發表的〈與編兒童用書的先生們商量〉可以作為這種意見的代表。他指責有些兒童讀物「仙人引路，騰雲駕霧」之類內容的謬誤，我今天買了兒童詩歌兩冊（第一第二），想寄給家裡小孩們去看，翻閱一遍，其中好的極多，但有兩篇似乎不很適宜。」他引用了所舉《兒童詩歌》編者在書前「宣言」中如下的觀點，「許多人對於這一種的兒童用書，總還免不了懷疑，以為那些涉於荒唐神怪的童話和那些描寫兒童生活的詩歌，都會生出些不良的效果來。這種懷疑……但也和一二十年前反對學校裡運動一科的疑慮一樣。……但我們既知道兒童的天性愛動……因此便好好的指導兒童於『適宜』的運動，利用他的本能來收教育的效果。兒童的身體上有所愛好，我們便能多多利用他，難道精神上的硬不能利用麼？」素石就此給予駁斥，他在文章中說：「兒童誠然有好奇的天性，但一定要奇怪荒唐才算是『奇』嗎？兒童心理誠

---

[42]　馮飛撰〈童話與空想〉，載於《中國現代兒童文學文論選》，頁四四三～四六七。

然與原人相似，對於宇宙的森羅萬象奇奇怪怪，若認為有神人主宰，最合他們底脾氣，但一定要誘導他們天性上的弱點麼？」接著，他提出了一些含有荒謬內容的讀物，對年幼一代有不可估量的危害性。而他認為《伊索寓言》「能給兒童以人情物理道德的暗示，又非常有趣，等兒童稍微長大一點，不必矯正彼，他們也曾知道是寓言，豈不有利無害麼？」作者十分強調兒童讀物不容忽視的教育性。[43]

除了上述關於兒童文學理論四個方面的探討之外，一九二四年中華書局出版朱鼎元著的《兒童文學概論》，還接觸到體裁的革新、創作批評的提倡和兒童文學建設等問題。

總之，本時期兒童文學理論的探索，由於有了新文學大師、教育工作者和重要的出版機構共同的關心和參與，討論的層面比較廣泛，既接觸到兒童文學一般理論的問題，也開始涉及到了一些有關兒童文學創作實踐的問題；儘管文章的深度還未臻成熟，但也起了拋磚引玉的作用，開啟日後兒童文學理論研究的風氣。

三、創作的成果

創作部分，可分成兒歌、童話、兒童小說、兒童散文、兒童戲劇等。

---

[43] 參見張香還著《中國兒童文學史》（現代部分），頁七九～八〇。

（一）兒歌

　　五四時期熱衷於新詩創作的胡適，也是本時期兒童白話詩的熱情實踐者。一九二〇年出版了新文學運動的第一本新詩集——《嘗試集》，其中就包括了他創作的兒童詩歌。當時的新詩人參加兒童詩歌寫作的有胡懷琛、俞平伯、何植三、嚴既澄等人。即使是搖籃歌也吸引了詩人的興趣，自五四前夕一九一九年，朱自清便寫了構思新穎的〈睡吧，小小的人〉，接著陸志書也在一九二〇年創作了又一首情趣盎然的〈搖籃歌〉[44]。

　　在這時期《新青年》是最先發起刊登兒童詩歌的刊物之一，如劉大白的〈兩個老鼠抬了一個夢〉、〈布穀〉、〈秋燕〉，劉半農的〈擬兒歌〉、〈一個小農家的暮〉、〈奶娘〉等作品都曾在《新青年》刊登過。其他刊物如《少年中國》在一九一九年也曾刊登過兒童詩歌，例如黃仲蘇的〈愛國的童子〉等詩歌作品。

　　文學研究會發起人之一的鄭振鐸所主編的《兒童世界》，以及文學研究會其他成員編輯的刊物如《詩》、《文學旬刊》、《文學周報》等也經常刊登兒童詩歌，作者有俞平伯、胡懷琛、何植三、嚴既澄、志堅、胡天月、徐玉諾、汪靜之、劉延陵、朱自清、葉聖陶、趙景深等人。他們中間有些人又接受了民間兒歌

---

[44]　同上，頁六四～六五。

通俗易懂的傳統，有些人如鄭振鐸、冰心、汪靜之等，則受到印度詩人泰戈爾等人的影響。而本時期對雪萊、拜倫等著名西方詩人和作的翻譯和介紹，也給予正在起步中的兒童詩歌一定的影響，並且還由此在兒童詩歌中出現了兒童散文詩這一新的文學樣式。[45]

在本時期從事兒童詩歌創作的陶行知，正努力擺脫舊詩歌中常見的那種用典生澀，選字冷僻的現象。使自己的兒童詩朗朗上口，有口語化、通俗化的特點。[46]

（二）童話

本時期也有不少新文學工作者曾熱忱於童話的創作，除了鄭振鐸和茅盾曾在孫毓修的《童話》叢書中從事這方面的工作外，葉聖陶、趙景深、王統照、黎錦暉等人，則隨著《兒童世界》、《文學旬刊》、《小朋友》等的創刊，而在本時期初從事童話的創作。《文學旬刊》在創刊不久，就刊登了汪靜之的童話〈地球上的磚〉，〈生與死〉，何味辛的童話〈虹的橋〉，蘇雪林也創作了童話〈小小銀翅蝴蝶的故事〉等。[47]

一九二三年，由朱大枬、蹇先艾、李建吾等人成立了「曦社」，在它出版的不定期的文藝刊物《爝火》上，朱大枬便創作

---

[45] 參見李楚材撰〈陶行知和兒童文學〉載於《陶行知和兒童文學》，頁二六九～二八五。

[46] 同上，頁九九～一二○。

[47] 參見《文學旬刊》第一冊。

了童話〈夜來香的復活〉和〈愛與憎〉。《沈鐘》半月刊創刊後，也發表過一些童話創作。[48]

在本時期對童話作出最大貢獻的應是葉聖陶，他創作童話的成就，遠超過了同時期的其他作家。後來被魯迅稱譽為「十來年前，葉聖陶先生的《稻草人》是給中國的童話開了一條自己創作的路。」[49]葉聖陶的童話創作將於以後以專節論述之。

（三）兒童小說

文學研究會擁有一支龐大的小說創作隊伍，被《中國新文學大系》小說集收入作品的作者就有三十四人，其中影響較大的有葉聖陶、冰心、盧隱、王統照、許地山、徐玉諾等。「為人生而藝術」的文學主張，使他們深切地關注於民間大眾生活的疾苦，而不再是無關生民的風花雪月，他們直面人生，關心社會問題，描繪作者周遭熟悉的事物，因此創作了一批直接反映舊中國年幼一代苦難生活的兒童小說。

例如冰心在一九二〇年寫過一篇以童養媳為題材的短篇小說〈最後的安息〉，對舊傳統社會裡童養媳的風俗摧殘年幼一代的罪惡，提出憤怒的控訴，具有震撼人心的藝術力量。一九二一年葉聖陶創作的〈阿鳳〉，也是反映童養媳生活的短篇小說。一九二二年王統照寫的〈雪後〉與〈湖畔兒語〉表現的也是類似的

---

[48] 同註二十九，頁一七四～一八三。

[49] 魯迅撰〈表，譯者的話〉載於《魯迅全集》第十冊，頁三九四～三九八。

主題與心境。另外徐玉諾的〈在搖籃裡〉、〈到何處去〉，趙景深的〈阿美〉，〈紅腫的手〉，劉半農的〈餓〉，潘垂統的〈一合米〉，葉聖陶的〈小銅匠〉，王魯彥的〈小小的心〉，盧隱的〈兩個小學生〉，冰心的〈冬兒姑娘〉、〈離家的一年〉、〈寂寞〉等作品，都是描寫兒童生活的小說，並將兒童的心理細膩地刻畫，用語淺顯易懂，深深地震撼了當時人們的心。[50]

（四）兒童散文

　　本時期散文創作最具特色的，首推冰心的《寄小讀者》和許地山《空山靈語》中部分篇章，以及豐子愷的〈華瞻的日記〉。冰心的《寄小讀者》是她離開北京經上海搭輪船去美國留學時期，以書信形式對小讀者寫的通訊。她對孩子的深情，透過像泉水般清麗精緻的筆墨，流淌到孩子們的心中。冰心的兒童散文創作將在以後以專節論述之。而許地山的散文，常常篇幅短到僅僅幾百個字，但風格平易、質樸，努力刻畫孩子們心靈中的真、善、美，字裡行間並透露一種人生的哲理，給人以啟示。〈落花生〉一篇可說是他的代表作。豐子愷的兒童散文以〈華瞻的日記〉為代表，豐子愷筆下的兒童散文充滿濃鬱的兒童情趣，自然生動，沒有故意造作的痕跡，是描寫兒童心理、兒童生活的佳作，對早期兒童散文的創作起過促進的作用。

---

[50] 參見王泉根著《現代兒童文學的先驅》，頁八五～九〇。

（五）兒童戲劇

　　本時期的兒童戲劇主要都刊載於《少年雜誌》、《兒童世界》《小朋友》、《文學旬刊》等刊物。較突出的作者有耿濟之、何味辛、郭沫若、趙景深、許敦谷等人。其中鄭振鐸主編的《兒童世界》對兒童戲劇的提倡，始終持十分積極的態度。在〈《兒童世界》宣言〉中，曾說：「兒童用的劇本，中國還沒有發見過，近來各小學校裡常有游藝會的舉行。他們所用的劇本都是臨時自編的。我們想隔二三期登一篇戲劇。大概都是簡單的單幕劇，不惟學校裡可用，就是家庭裡可用。」開始時，出現的大多為獨幕劇，以後逐漸向多幕劇發展。如《牧童與狼》、《兩個洞》、《帽子和麻雀》、《金籃子》、《自私的婦人》等，在《文學旬刊》上連載何味辛的《田鼠的犧牲》就是較早出現的三幕劇。鄭振鐸自己也寫過《風之歌》的劇本。《兒童世界》所刊出的劇作，除少數反映小學生生活，大多數仍取材於《伊索寓言》等書進行改編的。一九二二年郭沫若也創作童話劇《廣寒宮》，內容是運用中國古代神話有關嫦娥的傳說故事。另外由黎景暉主編的《小朋友》，也常刊登一些融合西方舞蹈與中國傳統地方戲曲的兒童歌舞劇，這些作品邊歌邊舞，易學易說，多方面描寫兒童生活的內容，引起很多讀者的興趣。另外，戲劇家顧仲彝在一九二六年也創作了反映兒童學校生活為內容的《講道》、《用功》等兒童話劇。一九二七年趙景深

也由安徒生童話《天鵝》改編成《天鵝》與《名利網》等歌舞
劇。[51]

---

[51] 參見張香還著《中國兒童文學史》（現代部分），頁六七～六九。

第三章

五四時期兒童文學理論

　　從歷史上看，晚清至五四前後逐漸形成的中國現代兒童文學理論與同時期的整個中國現代文學理論不同，它是在相當缺乏自身學術積累和理論傳統的情況下，逐漸發展起來的。由於有一批代表當時最先進思想意識的文化菁英和許多熱心人士的積極參與，也由於現代的兒童文學處於誕生期的特殊歷史要求，再加上外來文化思潮和理論學說的直接影響，中國現代兒童文學理論迅速地形成了最初的學術形態和理論系統，從而進入一個獨立、自覺的學科發展時期。

　　從五四新文化運動開始，到二三〇年代以後，兒童文學始終得到同時代的文化巨人和新文學大師們的照拂乃至直接參與，如魯迅、周作人、茅盾、鄭振鐸、冰心和葉聖陶等人，都對兒童文學理論、創作和譯介投注大量心血。其中以魯迅與周作人對兒童文學的理論貢獻最具代表性，魯迅所提倡的「兒童本位論」是五四時期兒童文學理論、創作與翻譯的思想基礎，他非常重視兒童的心理特徵與兒童的特殊性，並要求兒童讀物的品質與內容適合兒童閱讀。周作人在此時期也竭力倡導「為兒童的文學」，提高

兒童的地位，同時對童話與兒歌的研究也著有成就。

　　以下則分別介紹魯迅與周作人的思想背景，及其對現代兒童文學理論的觀點與貢獻。

第一節　魯迅（一八八一～一九三六）

一、魯迅的思想背景

　　一八八一年九月二十五日生於浙江省紹興城內一個沒落的士大夫家庭，原名樟壽，字豫山。後來因為「豫山」兩字的讀音和「雨傘」相近，不好聽，就改為豫才。一八九八年在南京上學時改名樹人。一九一八年，在北京的《新青年》雜誌上發表第一篇白話小說〈狂人日記〉，以「魯迅」為筆名。從此，魯迅的名字就逐漸為中國人民所熟悉。[1]

　　魯迅誕生的時代，風雲變幻，內憂外患日趨嚴重。當時列強正相繼用船堅砲利，轟開中國閉關自守的大門。魯迅出生前四十一年，英國發動野蠻的鴉片戰爭，一八四二年八月，簽訂了中國近代史上第一個喪權辱國的不平等條約──《中英南京條約》。從此，中國便淪為半殖民地國家。其他歐美國家也相繼接踵而來，一八五六年又有英法聯軍侵略中國的戰爭，結果又是中國出讓主權和割地賠款。沙皇俄國也趁火打劫，從多次不平等條約中

---

[1]　參見林志浩著《魯迅傳》頁三；又蒙樹宏編著《魯迅年譜稿》頁一。

陸續霸占中國的土地。魯迅三歲時，爆發了中法戰爭，在這場戰爭中，中國不戰而敗的事實，更加暴露了滿清政府的昏庸腐敗和洋務新政的軟弱無能。[2]

魯迅的故鄉紹興，是中國東部近海的一座城市，也是古代文化最發達的地方之一。它位於杭州灣南岸，是寧紹平原的一部分，且河網縱橫，土地肥沃，素有魚米之鄉之稱；而紹興又有「報仇雪恥之鄉」的稱呼。二千多年前，越王勾踐就在這裡臥薪嘗膽，艱苦復國；宋末和明末，這裡的人民曾寫下可歌可泣的壯麗史篇，更出現了陸游、王思任這樣富有民族氣節的著名人物；到了一八六一年，這裡的人民又受到太平天國之亂的戰火波及，再度為保衛鄉土而流下鮮血。總之，紹興人保鄉衛國為鄉土而戰的寶貴精神，給予後代子孫不可抹滅的深刻影響。[3]清末的風雨飄搖與戰爭紛起，魯迅的家庭也被打上深深的烙印。他的祖先原來有過設肆營商、廣置良田的鼎盛時期，但於太平天國之亂後，周家各房損失很大，多數一蹶不振，而魯迅的家也只能維持著不愁生計的小康局面。[4]

祖父名致福（一八三八～一九〇四），後改福清，字介孚；一八六七年中舉人，一八七一年中進士，一八七四年由庶吉士散官選授江西金溪縣知縣。他為人高傲，對上司常以無欲則剛的態

---

[2]　參見林志浩著《魯迅傳》，頁三～四。
[3]　參見聚仁原著《魯迅評傳》，頁九～十五。
[4]　同上。

度應付，因此得罪很多人。他的上司江西巡撫李文敏非科甲出身，便為他所輕視，加上其他因素，終於一八七八年被李文敏參劾，革去知縣，改充教官。他不願坐冷板凳去守孔廟，便往北京花錢捐官。從一八七九年一直到一八八八年，整整候補了九年才被任命為內閣中書，實際不過是以抄寫為業的從七品小京官。此時，他已五十歲了，且家境日趨窘迫，精力才智也大不如前。[5]

魯迅的親祖母姓孫，生下魯迅的父親後，不久便死了。周介孚再娶的妻子姓蔣，她待人和氣，言談幽默，對魯迅也很疼愛。每當夏天，童年的魯迅常和這位祖母一起乘涼，他躺在小板桌上，聽祖母講〈貓是老虎的師父〉、〈水漫金山〉等有趣的故事。[6]

父親鳳儀（一八六一～一八九六），又名文郁、儀炳、用吉，字伯宜，是個秀才，屢應鄉試，但始終沒有考上舉人，在仕途上終生不得意。他對孩子的教育，依照傳統方式，但從不打罵。只是心情不好，經常喝酒，有時也發脾氣，因此孩子不喜歡接近他。一八九四年，當中日戰爭中國失利的消息傳來時，周伯宜和幾個本家在家中談論國事，神情憂憤。他曾對魯迅的母親說，他有幾個孩子，將來準備送一個到西洋去，再送一個到東洋去，學習本領，好為國家出力。當時多數讀書人只曉得科舉應

---

[5]　參見林志浩著《魯迅傳》，頁六；又聚仁原著《魯迅評傳》，頁十七～二三。
[6]　同註一，頁六。

試、追逐功名利祿的時候，他能想到另外一條門徑，是頗為難得的。[7]

母親魯瑞（一八五七～一九四三），她是咸豐間舉人魯希曾的第三女，以自修得到能夠看書的學力[8]。一八八〇年嫁到周家，共生育子女五人：魯迅排行老大，依次為櫆爵（即周作人）、端姑（未滿周歲而殤）、松壽（即周建人）、椿壽（六歲時病亡）。她有主見，待人寬厚，能接受新事物、新思想。家境雖窘迫，但有些窮苦的人來借貸時，總盡力設法給予通融周濟，因此頗受到人們的稱許。[9]

魯迅七歲時，進入私塾，從遠房的叔祖父周玉田先生讀《鑑略》。那時他的祖父認為孩子上學，應該先有一些歷史知識作基礎，所以他要魯迅讀的書，第一本就是《鑑略》。而周玉田先生的藏書非常豐富，魯迅最喜歡看他收藏的《花鏡》，這本書不但引起魯迅種植花木的濃厚興趣，而且使他熱愛圖畫書，以至成年以後，他還對兒童讀物的插圖十分關注。另外褓母長媽媽送他的繪圖《山海經》也令他愛不釋手。十二歲時，魯迅到全城著名的三味書屋讀書，讀的是詩書經傳，但他卻從野史雜記中受到了中國民間文學的薰陶。[10]

十三歲時祖父因科場弊案入獄，後來父親又生重病，家境突

---

[7]　參見林志浩著《魯迅傳》，頁七；又蒙樹宏編著《魯迅年譜稿》，頁一。
[8]　周作人撰〈先母行述〉，載於《魯迅研究文叢》第二集。
[9]　參見林志浩著《魯迅傳》，頁七。
[10]　同上，頁十。

然陷入困境。由於家庭變故、沒落，同族的長輩也看不起他們，甚至加以欺凌，使他從小便深知世態炎涼與人情的冷暖。[11]

這一段生活給予魯迅的教訓是深刻的，使他有可能從被害者的角度去思考問題，幫助他認識所謂上流社會的真面目，增強他觀察現實生活的能力。

童年時代，魯迅常跟隨母親到鄉下的外祖母家居住。他把鄉村看作自由的天地，因為在這裡可以免除過多的傳統禮教束縛，還可以和鄉下農民的孩子玩在一起，所以也和他們結下深厚的友誼，同時他還逐漸了解農民的勤勞、質樸的性格，目睹了他們實際的生活狀況。魯迅後來回憶說：「我生長於都市的大家庭裡，從小就受著古書和師傅的教訓，所以且看得勞苦大眾和花鳥一樣。有時感到所謂上流社會的虛偽和腐敗時，我還羨慕他們的安樂。」但是「他若把中國農村和農民的實際生活聯繫起來，卻打破了這種不正確的觀念，使他「逐漸知道他們是畢生受著壓迫，很多苦痛，和花鳥並不一樣了。」[12]這些根植於生活深處的認識，是牢固而有說服力的。它對於魯迅日後認識舊社會人與人是「吃人」與「被吃」的關係，並形成「下等人」勝於「上等人」的觀念，形成他反封建的思想，以及他的小說創作，都產生很大的影響。

---

[11] 同註三，頁十七～二三。
[12] 魯迅撰英譯本〈短篇小說選集〉自序，載於《魯迅全集》第七冊，頁三八九～三九〇。

一八九八年魯迅十七歲，此時正面臨人生道路的抉擇。那時清政府還未廢除科舉考試，仍要考八股文和試帖詩，魯迅雖具有應考的學力，卻不願坐著等考試；何況家境窮困，也無法坐守下去。五月，離家到南京水師學堂讀書，他之所以決定進入這類學堂，不是因為他志願當海陸軍人，實在只是為了可以免費讀書。[13]

　　翌年一月，改入江南礦務鐵路學堂，這時期他讀了一些西歐的近代科學、哲學和文學方面的譯著，並開始關心國內的時事和政治問題。其中他最喜歡讀的是嚴復翻譯英國赫胥黎的《天演論》，受進化論的影響較深。當時，進化論中的生物進化、生存競爭的觀點，使中國的許多知識份子覺得，在這個競爭劇烈、優勝劣敗的世界上，我們的民族再按照傳統的老一套方式，是不可能生存下去的，因此要求自強保種，以挽救危難的中國。魯迅當時也認為，必須堅決拋棄那些落後的、腐朽的東西，努力學習一些先進的、新鮮的事物，才能找到中國人民生存的道路。[14]

　　一九〇二年，去日本留學，入東京弘文學院補習日語，並積極參加反清愛國活動，收集和閱讀革命派和維新派出版的新書報，如《革命軍》、《新湖南》、《譯書匯編》等，以及梁啟超等創辦的《清議報》、《新民叢報》。一九〇四年，弘文學院畢業，改學醫學，他想用醫學來促進中國人對於社會改革的信仰，

---

[13]　同註三，頁二五～三一。
[14]　同上。

平時可以救治像他父親那樣被庸醫所誤的病人，戰時可以當軍醫，為國效力，從而達到救國的目的。兩年後棄醫從文，因為他深刻的體會到，醫學對中國的社會改革並不是那麼要緊的事，如果思想不覺悟，對於中國的改革是毫無意義的。當前最重要的是改革人心，而改革人心則是文藝，因為人的無知是無法延聘名醫治癒的。一九〇六年，到東京開始文學活動，從事翻譯介紹俄國、東歐和其他地區的文學作品。一九〇九年八月，魯迅因家庭經濟的因素，便從日本回到闊別多年的祖國，先後在杭州、紹興任教。[15]

二、魯迅的兒童文學理論

　　魯迅童年時的兒童文學經驗，可以說來自兩方面，一是在私塾的讀書生活，二是聽祖母和長媽媽講故事。閱讀《花鏡》和繪圖《山海經》引起他對圖畫書的喜愛；聽故事更激發他的想像力和好奇心，這種文學反應促使他日後走上兒童文學的道路。值得一提的是，魯迅當年雖然沒有正式加入兒童文學的大本營——文學研究會，但他曾為《文學研究會叢書》翻譯了《愛羅先珂童話集》。魯迅除了大量譯介外國的兒童文學作品外，本身並沒有寫過有關兒童文學理論的專著，他的兒童文學理論則散見於一些隨

---

[15]　同註三，頁三三～三九。

筆、雜感、散文、日記和序文中。

魯迅的兒童文學理論，是以「兒童為本位」的基礎發展出來的[16]，大致可分成四項來談：

（一）兒童的心理與教育問題

魯迅的研究雖非以兒童文學為主，但他很重視兒童的教育，從一九〇九年到一九二六年，魯迅都在從事教育工作，同時也受到美國教育家杜威「兒童本位論」的影響，這是他一生中很重要的時期[17]。當青年時代的魯迅，自覺地肩負起推翻舊傳統制度的重任時，他便很敏銳地看到了中國兒童與中國未來休戚與共的關聯性，他意識到要為下一代並為中國的未來開創一種全新的生活，必須徹底掃除根植於中國人幾千年錯誤的兒童觀。

一九一八年在《狂人日記》中已發出「救救孩子」的吶喊這可以說是魯迅兒童教育思想的出發點，因為要救救孩子，所以要批判傳統的教育思想，讓孩子從舊傳統、舊道德的桎梏中解放出來，成為一個獨立的個體，在社會上得到應有的地位。一九一九年寫的〈我們現在怎樣做父親〉一文中，他說：

> 往昔的歐人對於孩子的誤解，是以為成人的預備；中國人的誤解，是以為縮小的成人。直到近來，經過許多學者的

---

[16] 參見張琢著《中國文明與魯迅的批評》，頁九五～一二四。
[17] 同上。

研究，才知道孩子的世界，與成人截然不同；倘不先行理解，一味蠻做，便大礙於孩子的發達。所以一切設施，都應該以孩子為本位。……此後覺醒的人，應該先洗淨了東方古傳的謬誤思想，對於子女，義務思想須加多，而權利思想卻大可切實核減，以準備改作幼者本位的道德。

　　兒童的發現，兒童世界的發現，這是二十世紀初葉中國一件了不起的大事，也是五四新文化運動的一個重要成果。魯迅在此把「幼者本位」的觀念作為一個口號正式提了出來，只有以兒童為本位的兒童教育觀，才可以產生以兒童為本位的兒童文學觀。

　　而現代的父親究竟要扮演什麼樣的角色呢？魯迅在上文中明確提出三個要點：第一，便是理解。要了解孩子不是成人的預備，更不是縮小的成人；孩子有他們自己的世界，與成人截然不同。現代的父親需要用理解的方式來取代傳統的權威式教育。第二，便是指導。時勢已經改變，生活也必須一同進化，後起的人一定異於前人，決不可用同一模型，無理嵌入。第三，便是解放。子女是「即我非我」的人，但既已分立，也便是人類中的人。因為「即我」，所以更應盡教育的義務，交給他們自立的能力；因為「非我」，所以也應同時解放，全部為他們自己所有，成一個獨立的人。

　　魯迅也非常重視兒童心理問題，早期在北平教育部工作時，曾經翻譯了兩篇有關兒童教育心理的論文，其一為日本上野陽一

作的〈兒童之好奇心〉載於一九一三年十一月教育部《編纂處月刊》第一卷第十冊；其二為日本高島平三郎作的〈兒童觀念界之研究〉，發表於一九一五年三月教育部社會教育司編《全國兒童藝術展覽紀要》中，這是一篇通過繪畫試驗研究兒童心理的文章[18]。正因為魯迅熟悉兒童心理，所以可以站在兒童的立場來批評當時的兒童讀物。

（二）兒童讀物的用字遣詞

一九二六年五月，魯迅在〈二十四孝圖〉一文中，猛烈抨擊「一切反對白話，妨害白話者」，因為他們不使兒童享有可以讀得懂的讀物。他說：

> 自從所謂「文學革命」以來，供給孩子的書籍，和歐、美、日本的一比較，雖然很可憐，但總算有圖有說，只要能讀下去，就可以懂得的了。可是一班別有心腸的人們，便竭力來阻過它，要使孩子的世界中，沒有一絲樂趣。

因為魯迅的童年曾身受無書可讀的痛苦，所以魯迅認為兒童文學不但要用白話來寫，使兒童易懂，內容也要有趣味，不和時代脫節。兒童文學的讀者當然是兒童，所以應依據小讀者的心理

---

[18] 同上。

特徵和智力發展與適合的文字來創作，使作品能引起兒童的閱讀趣味。魯迅除了抨擊二、三十年代出版的兒童讀物內容陳腐和印刷低劣外，他還主張為兒童寫作應該注意兒童的特點，儘量接近兒童、認識兒童。

至於兒童文學作品的語言問題，魯迅認為作家應該向孩子學習語言[19]，他說：

> 孩子們常常給我好教訓，其一是學話。他們學話的時候，沒有教師，沒有語法教科書，沒有字典，只是不斷的聽取，記住，分析，比較，終於懂得每個詞的意義，到得兩三歲，普通的簡單的話就大概能夠懂，而且能夠說了，也不大有錯誤。

魯迅說他自己寫作時，為了使讀者易懂，絕不採用冷僻字。他認為：

> 說是白話文應該「明白如話」，已經要算唱厭了的老調了，但其實，現在的許多白話文卻連「明白如話」也沒有做到。倘要明白，我以為第一是在作者先把似識非識的字放棄，從活人的嘴上，採取有生命的詞彙，搬到紙上來；

---

[19] 魯迅撰〈人生識字糊塗始〉載於《魯迅全集》第六冊，頁二九五～二九七。

也就是學學孩子，只說些自己的確能懂的話。[20]

一九三五年一月，他譯完蘇聯班台萊耶夫的兒童小說
《錶》，為了使小讀者看得懂，他極力不用難字。他說：

> 想不用什麼難字，給十歲上下的孩子們也可以看。但是，
> 一開譯，可就立刻碰到了釘子了，孩子的話，我知道的太
> 少，不夠達出原文的意思來，因此仍然譯得不三不四。[21]

因此魯迅在翻譯兒童文學作品時，始終堅持文字一定要淺顯
易懂，適合兒童閱讀。

（三）兒童讀物的題材內容

魯迅認為中國現代的兒童應該「有耐勞作的體力，純潔高尚
的道德，廣博自由能容納新潮流的精神。」[22]因此兒童讀物的內
容也應有所革新，不能一味地向兒童灌輸傳統的舊道德思想。魯
迅以自己童年時所讀的《二十四孝圖》為例，指出書中所列舉的
二十四個孝例，完全脫離現實的生活，兒童看了不但不能引起共
鳴，反而產生強烈的反感。魯迅本身便十分不喜歡其中的〈老萊

---

[20]　同上。
[21]　魯迅撰〈《錶》之譯者的話〉，載於《魯迅全集》第十冊，頁三九四～三九八。
[22]　魯迅撰〈我們現在怎樣作父親〉，載於《魯迅全集》第一冊，頁一二九～一四三。

娛親〉與〈郭巨埋兒〉這兩則故事[23]。

　　兒童文學作者應從現實生活中選擇與兒童生活有關的題材，反映時代的精神和面貌。而且魯迅認為新時代的兒童應該用新的眼光來觀察事物，兒童文學作者必須給他們創作新的作品。所以他特別欣賞葉聖陶創作的童話《稻草人》，並說《稻草人》是「給中國的童話開了一條自己創作的路。」[24]

　　其次，兒童文學的題材應當多樣化，因為兒童的求知慾旺盛，興趣廣泛，為了滿足他們的好奇心，開闊他們的視野，兒童讀物應從多方面取材；不只限於純文學的讀物，還應包括知識性的讀物，魯迅並且曾大力倡導青少年兒童閱讀科學性的讀物。一九二七年七月魯迅在知用中學以〈讀書雜談〉為題的演講中，曾這樣說：

　　　　應做的功課已完而有餘暇，大可以看看各樣的書，即使和
　　　　本業毫不相干的，也要泛覽，譬如學理科的，偏看看文學

---

[23] 魯迅在〈二十四孝圖〉一文中，以為行年七十的老萊子本應拄著一支拐杖，可是卻拿著兒童玩具「搖咕咚」，身穿五彩斑爛之衣「詐跌撲地」，作嬰兒啼，裝痴賣傻，這確是「肉麻當有趣」，令人作嘔，其中最招魯迅反感的是「詐跌」，無論忤逆或孝順都不應該教孩子「耍詐」，這是稍稍留心兒童心理的人都知道的。而〈郭巨埋兒〉中郭巨的兒子確實值得同情，他的父親因為家窮，想要活埋他的兒子，以便減輕負擔，好供養老母。但看完這個故事，魯迅不但自己不敢再想做孝子，並且怕他的父親去做孝子，因為當時他們家道中落，常聽父母愁柴米；祖母又年老，倘使父親竟學郭巨埋兒，那麼該埋的不正是魯迅他自己嗎？這種童真的感受，實在是那些宣揚《二十四孝圖》的人們所意想不到的。

[24] 同註二十一。

書，學文學的，偏看看科學書，看看別個在那裡研究的，究竟是怎麼一回事。這樣子，對於別人，別事，可以有更深的了解。

其實早在一九○三年至一九○六年，當魯迅還在日本留學時，他已先後把法國儒勒・凡爾納（Jules verne, 1828~1905）的《月界旅行》（*From the earth to the moon*）和《地底旅行》（*Ajourney to the centre of the earth*）翻譯成中文[25]。魯迅把科學小說譯介到中國來，目的是倡導透過文藝的形式，用淺顯而且有趣的方法向小讀者介紹科學的知識，另一方面也鼓勵兒童文學作者選取科學的題材，為兒童創作科學讀物。

（四）兒童讀物的插畫品質

中國向來不重視兒童讀物，更遑論其中插畫的良莠問題。但早在二十年代，魯迅已經注意到這個問題，他認為兒童讀物中的插畫品質非常重要，因為兒童喜愛圖畫，有時還因為圖畫才去看書中的文字。

魯迅愛上插畫，早在童年讀私塾時已種下根苗。從玉田叔祖那兒得知繪圖《山海經》與《花鏡》二書，因為書上有許多稀奇而有趣的圖畫，令他日思夜想，念念不忘，直到他的褓母長媽媽

---

[25] 參見四川少年兒童出版社《兒童文學概論》編寫組編寫的《兒童文學概論》，頁二五七～二六○。

送他一套繪圖《山海經》，他才得以一償宿願[26]。而《花鏡》是他用僅有的兩百文私房錢買來的[27]，這本書不但引起魯迅種植花木的濃厚興趣，而且使他從此愛上圖畫書，以至成年以後，他對兒童讀物的插畫仍十分關注。

插畫除了引起讀者的閱讀興趣外，還可以補充文字的不足，幫助讀者了解書中的內容。魯迅在〈連環圖畫辯護〉一文中說：

> 書籍的插畫，原意是在裝飾書籍，增加讀者的興趣的，但那力量，能補助文字之所不及，所以也是一種宣傳畫。這種畫的幅數極多的時候，即能只靠圖像，悟到文字的內容，和文字一分開，也就成了獨立的連環畫。

兒童讀物的插畫不但要有趣味性、真實性，而且必須與文字相互配合。魯迅曾說：

> 給兒童看的圖書就必須十分慎重，做起來也十分煩難。……不是對於上至宇宙之大，下至蒼蠅之微，都有些切實知識的畫家，決難勝任的。[28]

26　同註二，頁十二～十三。
27　同上。
28　魯迅撰《看圖識字》載於《魯迅全集》第六冊，頁三五～三七。

所以，兒童讀物的插畫家必須確實掌握插畫的事物，否則畫出來的東西便不真實，反而容易誤導小讀者對現實事物的認知；因此，兒童讀物的插畫也曾對社會產生很大的影響，插畫家必須謹慎小心，並善用之，避免對兒童產生不良的影響。

　　魯迅的兒童文學理論對中國兒童文學的發展有重大的影響。郭沫若（一八九二～一九七八）、茅盾（一八九六～一九八一）、鄭振鐸（一八九八～一九五八）及陳伯吹（一九〇六～　）等人都曾受魯迅的影響，魯迅既推動了中國兒童文學的發展，也影響了後來的兒童文學工作者。

　　魯迅的〈狂人日記〉發表於一九一八年五月，〈我們現在怎樣做父親〉發表於一九一九年十一月，而郭沫若的〈兒童文學之管見〉則發表於一九二一年一月。當時一般人對於兒童文學還有不少誤解。為了澄清這些錯誤的觀念，郭沫若特別在文中說明兒童文學應具備的本質，開宗明義就指出「兒童本位的文字」，他說：

　　　　兒童文學，無論採用何種形式（童話、童謠、劇曲），是
　　　　用兒童本位的文字：由兒童的感官以直愬於其精神堂奧，
　　　　準依兒童心理的創造性的想像與感情之藝術。兒童文學其
　　　　重感情與想像二者，大抵與詩的性質相同；其所不同者特
　　　　以兒童心理為主體，以兒童智力為標準而已。純真的兒童
　　　　文學家必同時是純真的詩人，而詩人則不必人人能為兒童

文學。故就創作方面言，必熟悉兒童心理或赤子之心未失
的人，如化身而為嬰兒自由地表現其情感與想像；就鑑賞
方面而言，必使兒童感識之之時，如出自自家心坎，於不
識不知之間而與之起渾然化一的作用。能依據兒童心理而
不用兒童本位的文字以表現，不能起此渾化作用。僅用兒
童本位的文字以表示成人的心理，亦不能起此渾化作用。
兒童與成人，在生理上與心理上的狀態，相差甚遠。兒童
身體決不是成人的縮影，成人心理也決不是兒童之放大。
創作兒童文學者，必先體會兒童心理，猶之繪畫雕塑家，
必先研究美術的解剖學。

　　一九四三年二月，郭沫若再以〈本質的文學〉為題，指出兒
童文學的讀者是兒童，為兒童寫作的人一定要能夠表達兒童的心
理，這也是魯迅重視兒童心理的再次展現。一九五五年九月再以
〈請為少年兒童寫作〉一文，呼籲中國作家應該重視兒童和兒童
文學，並且為兒童寫作；他還強調兒童文學作品的內容要以科學
為基礎，才能達到應有的教育效果，這無疑是魯迅兒童文學理論
的延續。[29]
　　鄭振鐸的兒童文學觀也是以兒童為本位的。他在〈兒童讀物
問題〉一文中說：

---

[29] 參見張香還著《中國兒童文學史》〈現代部分〉，頁一八〇～一八四。

兒童的「讀物」和成人的讀物並不會是完全相同的。把成人的「讀物」全盤的餵給了兒童，那是不合理的；即把它們「縮小」了給兒童，也還是不合理的。我們應該明白兒童並不是「縮小」的成人。……凡是兒童讀物，必須以兒童為本位。要順應了兒童的智慧和情緒的發展的程序而給他以最適當的讀物。

最後，鄭振鐸也以魯迅「救救孩子」的口號呼籲說：

兒童比成人得更當心的保養。關於兒童讀物的刊行，自然得比一般讀物的刊行更要小心謹慎。「救救孩子罷！」

前此在一九二一年十二月，鄭振鐸在〈兒童世界宣言〉裡，便說過他的編輯宗旨是教育兒童，特別注重兒童文學的趣味性。他列舉的三個宗旨是：

（一）使它適宜於兒童的地方的及其本能的興趣及愛好；
（二）養成並且指導這種興趣及愛好；
（三）喚起兒童已失的興趣與愛好。

雖然鄭振鐸參考了美國麥克林東（Macclintock）的說法，但他注重兒童特點和趣味性的主張也是和魯迅相同的。正如盛巽昌

在〈鄭振鐸和兒童文學〉一文中所說的：

> 兒童文學理論，早皆有之，鄭振鐸以自己的工作實踐，正
> 確地提出了他的對象、方法和任務；他立足於「救救孩
> 子」，正視現實的世界，盼望通過新生一代的教育，使社
> 會變得美好，從貧困、愚昧中擺脫出來。

所以鄭振鐸可以說是魯迅兒童文學理論的實踐者。

陳伯吹也是主張兒童本位的。一九五九年，他在〈談兒童文
學工作中的幾個問題〉一文中，談到編輯審稿的工作時說：

> 兒童文學作品既然和成人文學作品同屬於一個範疇的兩個
> 分野，儘管真正好的兒童文學作品成年人也喜愛讀，並且
> 世界上也不缺乏好的成人文學作品同樣適用於兒童而列入
> 兒童文學。然而由於它的特定的讀者對象的關係，究竟具
> 有它自己的特點。……如果審讀兒童文學作品不從「兒童
> 觀點」出發，不在「兒童情趣」上體會，不懷著一顆「童
> 心」去欣賞鑒別，一定會有「滄海遺珠」的遺憾；而被發
> 表和被出版的作品，很可能得到成年人的同聲贊美，而真
> 正的小讀者未必感到有興趣。

在另一篇文章〈談兒童文學創作上的幾個問題〉中，陳伯吹

又提出了兒童文學的「特殊性」問題，強調兒童文學的特點和成人文學應有所區別。他說：

> 兒童文學的特殊性是在於具有教育的方向性，首先是照顧兒童年齡的特徵。說明白些，是要求了解兒童的心理狀態，他們的好奇、求知、思想、感情、意志、行動、注意力和興趣等等的成長過程。……兒童文學作品必須在客觀上和它的讀者對象的主觀條件相適應，這才算是真正的兒童文學作品。

兒童文學作家首先須認識兒童文學的特殊性，才能創作出兒童本位的作品。所以他接著又說：

> 以兒童的耳朵去聽，以兒童的眼睛去看，特別以兒童的心靈去體會，就必然會寫出兒童所看得懂，喜歡看的作品來。

陳伯吹所說的兒童觀點、兒童情趣、教育性和特殊性等，大抵與魯迅的理論是相同的。

科學文藝在中國的傳播很早，一九〇三年至一九〇六年間魯迅從日文版轉譯了兩部法國儒勒·凡爾納的科幻小說《月界旅行》和《地底旅行》。茅盾則於一九一七年在商務印書館出版的《學生雜誌》上發表了科學小說《三百年後孵化之卵》，之後又

發表了《兩月中之建築譚》、《二十世紀後之南極》、《理工學生在校記》等譯作[30]，這些都是承繼魯迅倡導科學小說而來的。而且茅盾進一步以為介紹科學及其他知識性的讀物時，更應注意其用字遣詞問題，在〈關於《兒童文學》〉一文中曾這樣說：

> 在科學的機械的兒童讀物方面，我們應該避免枯燥的敘述和「非故事體」的形式。……現在我們所有的科學的兒童讀物大半太不注意「文藝化」，敘述的文字太乾燥，甚至有「半文半白」兒童讀了會被催眠。

茅盾也非常強調魯迅所重視的兒童心理問題，在〈一九六〇年少年兒童文學漫談〉一文中，他說：

> 了解不同年齡的兒童、少年的心理活動的特點，卻是必要的；而所以要了解他們的特點，就為的是要找出最適合於不同年齡兒童、少年的不同的表現方式。……在你的作品中盡量使用你的小讀者們會感到親切、生動、富於形象性的語言，而努力避免那些乾巴巴的，有點像某些報告中所用的語言。

---

[30] 參見方衛平著《中國兒童文學理論批評史》，頁二二二～二二七。

魯迅在一九一八年呼籲「救救孩子」，並於一九一九年正式提出「以幼者為本位」的口號，從此中國兒童文學才逐步從成人本位轉到兒童本位。同時代的作家如郭沫若、鄭振鐸、茅盾及陳伯吹等都深受其影響，在中國現代兒童文學的發展過程中，各有貢獻，也影響了後來的兒童文學作家。

第二節　周作人（一八八五～一九六七）

一、周作人的思想背景

　　周作人，原名櫆壽，字星杓，生於一八八五年，[31]他是魯迅的二弟，小魯迅三年又兩個月；周作人出生後，照例由輩分最高的家長取名，在京候補的祖父接到二孫子誕生消息的家書時，正好有一位姓魁的官員來訪，祖父便為他取名為櫆壽，號星杓。因為櫆壽的名字，既不好寫又有點怪里怪氣，後來在參加縣考時請求改名，祖父改為同音的奎綬。一九〇一年進水師學堂時，在這所學堂擔任監督的叔祖周椒生，採用《論語》中「周王壽考，遐不作人」的典故，取名為作人，號樸士，從此他就以作人之名行世。當時魯迅號孤孟，他就自號起孟。一九〇九年春夏間，章太炎寫信邀兄弟倆學梵文，把起孟寫成了啟明，以後啟明就成了他

---

[31]　參見錢理群著《周作人傳》，頁二。

的號。由此發端，他還以豈明、開明、難明、不明等九十多個為筆名，常用的還有獨應、仲密、周逴、遐壽、知堂等。[32]

　　周作人在誕生那天起，鄰里間就開始有了一種傳說：周作人是老和尚轉世投胎的。原因是有一位堂房的叔叔，那天半夜裡回家，走進內堂的門時，忽然看見一個白鬚老人站在那裡，轉瞬間又不見了。而就在後半夜，周作人就出世了。紹興民間有一種說法，投到大戶人家來的，往往是前世修行得道的和尚。那位堂叔恍惚看到的老人，肯定就是老和尚了。這樣一傳十，十傳百，周作人的誕生就成了一個神話了。這個傳說也對周作人本人的一生產生了微妙的影響，他後來曾多次提起此事，屢屢自嘲是和尚轉世，並將自己的書齋命名為「苦茶庵」，明顯帶有一種宿命的意味。[33]

　　周作人從小身體非常瘦弱，經常生病，總是餓，吃不夠，當時以為患了饞癆病。歲數稍大以後才知道，當時因為沒有奶吃，家裡僱了一個奶媽，而這奶媽其實也沒什麼奶水，為騙得小孩不鬧，就常在門口買零食給周作人吃，結果使他消化不良，非常瘦弱，見什麼東西都想吃。根據當地的傳說和對症下藥，大人便什麼都不給吃，只讓他吃飯和鹹鴨蛋，如此下去使他的身體更孱弱。[34]

---

[32] 參見倪墨炎著《中國的叛徒與隱士：周作人》，頁二～三。
[33] 同註三十一。
[34] 參見蕭同慶著《閒適渡滄桑──周作人》，頁十一。

周作人的童年，除了體弱多病外，是在平靜的生活中度過的。四歲時，弟弟周建人出生。六歲，進家塾從叔祖周玉田和族叔周子京等讀書。九歲時，祖父周介孚因考試行賄案入獄，後被判為斬監候，等待秋後處決。從此，周介孚在杭州監獄裡監候了七年。周介孚家在當地雖尚屬富裕，但經這七年的折騰，家境就急劇地衰敗而一蹶不振了。當時父母為免累及孩子，便把周作人和大哥魯迅送往農村的外婆家避難，這也使他們真切地了解農村的生活。[35]

　　十歲回到紹興家中，十一歲入三味書屋就讀。周作人在自己家裡斷斷續續讀過一些書，到了三味書屋，他讀的是《中庸》，然後是《論語》、《孟子》。這時他父親的病逐漸加重，他的家務不斷增加，影響了他的正常學習。一八九六年，周作人十二歲，父親周伯宜病逝。這時他才讀到《詩經》的《國風》，就停止了學業。從此他就告別了三味書屋，而在家自學。[36]

　　父親死後，祖父仍在牢裡。本來是由潘姨太太和祖父的小兒子伯升隨侍的，因伯升去南京水師學堂讀書，因此就叫周作人去補伯升的缺，到杭州陪侍祖父。周作人每隔三四天去看望祖父一次，並陪坐在那裡，早上去下午回。這樣的生活竟過了一年半，一八九八年才回到紹興老家。在這一年半中，周作人沒有進什麼學校或私塾，完全靠自學。正式功課，即讀經作文，是祖父

---

[35]　同註三十二，頁四～十。
[36]　同註三十一，頁三八～四五。

規定的，讀的是《詩經》、《書經》等等，並學做八股文和試帖詩，《詩韻》就曾抄寫了三遍。後來祖父還規定逢三作文，逢六作論，逢九作策，這都是要拿去給祖父看的。此外，他更廣泛涉獵《四史》、《唐宋詩醇》、《綱鑑易知錄》等等。從他當年斷斷續續的日記中，可以看到他所披覽的野史雜集是極為驚人的。如《壺天錄》、《讀史探驪錄》、《淞隱漫錄》、《閱微草堂筆記》、《徐霞客遊記》、《春融堂筆記》、《唐人合集》、《淮軍平捻記》、《虎口餘生記》、《書法菁華》、《酉陽雜俎》、《花鏡》、《四異叢書》、《張太史塾課》，以及《史記》等等，不下數十種，其中還有自然科學、工藝、美術和書法的書。他也閱讀報紙，關心國內外大事，重要的事件他還記在日記中。為了擴大知識領域，他曾托人購買《寰宇瑣紀》、《四溟瑣紀》等書。這樣的讀書量，當然遠遠超過學校或私塾中所能學到的東西。[37]

　　周作人的家，因一場不成功的考試舞弊案，受到了突如其來的重大劫難，但周作人還是和從南京學校裡回家來的大哥，去應一八九八年的縣考。值得注意的是，周作人雖投入了這場縣考、府考、院試的三級考試，但在這期間，從他當時的日記可見，他仍然對於各種雜籍感興趣，他購買了《思痛記》、《搜神記》、《東萊博議》、《百鳥圖說》等等，甚至還購買了《七劍十三

---

[37] 同註三十一，頁四七～五八。

俠》，閱讀一遍，竟覺得「頗新奇可喜」，這也就是周作人青少年時代的閱讀情趣。[38]

十七歲那年，他按照大哥南京來信的安排，九月十八日抵達南京，二十一日即參加江南水師學堂的考試，經錄取後正式成為管輪班的學生。學生入校後，膳宿、衣靴、課本、儀器全由公家供給，每月還發給津貼，最低班級的學生是月給銀一兩。所學功課，不論是哪一科，一星期中都是五天洋文課和一天漢文課。所謂洋文課是指英文、數學、物理、化學等基礎課程及駕駛或管輪的專門知識，都是採用英文課本進行教學的；漢文課則是學習和學作八股文。此外還有體操、兵操等課程。周作人就在這裡開始了新的學習生活，學習他過去所沒有接觸過的新知識。[39]

在周作人看來，漢文課最為輕鬆，因為容易對付。對於八股文，周作人已有一套對付的辦法，不是順題演義就索性翻案，都能寫的頭頭是道，文字簡練，不枝不蔓，使閱卷老師省力，也容易討好。在八股文上不花什麼力氣，他卻把精力用之於博覽群書，廣泛涉獵。當時流行的書報雜誌，如《新民叢報》、《新小說》，梁啟超的著作，嚴復和林琴南的譯書，他都大量雜覽，甚至還去買了兩本佛經來閱讀。他還讀了很多小說，除舊小說，還讀晚清時盛行的新小說。周作人在〈我學國文的經驗〉一文中說：「我們正苦枯寂，沒有小說消遣的時候，翻譯界正逐漸興旺

---

[38] 同註三十二，頁四～七。
[39] 同註三十一，頁七八～八五。

起來，嚴幾道的《天演論》，林琴南的《茶花女》，梁任公的《十五小豪傑》，可以說是三派的代表。我那時的國文時間實際上便都用在看這些東西上面，而三者之中尤其是以林譯小說為最喜看，從《茶花女》起，至《黑太子南征錄》止，這期間所出的小說幾乎沒有一冊不買來讀過。……我在南京的五年，簡直除了讀新小說以外別無什麼可以說是國文的修養。」周作人雜獵群書，因而知識要比只讀教科書的學生廣博得多。[40]

　　周作人無論漢文課或洋文課，成績都很好。在江南水師學堂裡，不少人把學習洋文當作敲門磚，只要考試應付過去了，畢業了就把它丟掉了。周作人卻對英文產生了很大的興趣。這是因為他偶然得了一本英文的《天方夜譚》，他讀著讀著，喜歡得愛不釋手。這是一本倫敦紐恩士公司發行的插圖本《天方夜譚》，它是印給孩子們看的書，所以裝幀頗為華麗，書中有不少細緻優美的插圖。特別吸引周作人的，是書裡一則又一則引人入勝的故事。讀著這些故事，周作人感到技癢，很想把它們譯成中文，介紹給中國的讀者閱讀。便決定先譯阿里巴巴四十大盜的故事，周作人翻譯這篇故事，真到了廢寢忘食的地步，甚至農曆大年初一，他也繼續翻譯。他是用文言文譯的，全文共一萬餘字，他用萍雲女士的筆名寄給了蘇州的《女子世界》。不久便在這刊物上連續刊登出來，一九〇五年還以《俠女奴》的書名出版了單行

---

[40] 同註三十一，頁八五～九八。

本。這是周作人著譯的第一本書。之後又根據美國愛倫坡的偵探小說《黃金蟲》譯成《玉蟲緣》，於一九〇四年由《小說林》雜誌社出版，署名碧羅女士。一九〇六年更從事兒童小說的創作，創作出他生平的第一篇兒童小說《孤兒記》全文兩萬字，發表在《小說林》上。[41]

　　一九〇六年，從江南水師學堂畢業，考取官費留學日本的資格。從此，結束了在江南水師學堂整整五年的學習生活。一九〇七年夏，進入法政大學預科。一九〇八年夏，進入立教大學[42]。周作人到日本的時候，正是魯迅擬提倡文藝活動的時候。周作人當時的文藝觀，從他在南京譯《俠女奴》、《玉蟲緣》和創作《孤兒記》可見，是同情弱小、鼓勵反抗的，是「為人生」的。這和魯迅當時的文藝觀正是一致的。因而，周作人被派到日本來雖是學工科的，卻偏愛文藝，於是便跟著魯迅投入文藝活動了。

　　而他到日本後，第一件事是學習日語，同時，也和魯迅一起學習俄語，他們學俄語原是為了讀俄國文學作品，並嚮往俄國的革命精神。此外周作人也學希臘文，因為他很喜歡希臘古典文學，以後他也譯了多種希臘古典作品。周作人求學期間掌握多種外國語言，對他日後在文學界發展，大有助益[43]。一九〇九年與魯迅合譯《域外小說集》二集在日本出版。首篇是周作人譯的

---

[41]　同註三十二，頁一八～二三。
[42]　同註三十二，頁二三～二七。
[43]　同註三十二，頁三一～三三。

英國淮爾特（今譯王爾德）童話〈安樂王子〉，篇後綴以「著者事略」，簡介王爾德的生平與童話創作。這是中國最早翻譯的王爾德童話。魯迅在該書序言中說：「異域文術新宗，自此始入華土。」

一九〇九年，周作人與日本女子羽太信子結婚[44]。一九一一年，因家中經濟因素，只好攜眷返國。

二、周作人的兒童文學理論

周作人很早就開始接觸兒童文學。據《周作人回憶錄》載，一九〇六年他東渡日本留學不久，就「得到高島平三郎編的《歌永兒童的文學》及所著《兒童研究》，才對於這方面感到興趣。其時兒童學在日本也剛開始發展。」這一興趣至老不衰，到了晚年他還在編選紹興兒歌。

周作人早年熱心兒童文學並不是偶然的，這與他當時所處的特定歷史時期緊密相關[45]，也與他早期的思想傾向與文學主張有密切聯繫。作為以「為人生而藝術」為創社宗旨的文學研究會發起人之一的周作人，在這場兒童文學運動中的表現也十分活躍。

---

[44] 倪墨炎著《中國的叛徒與隱士──周作人》、蕭同慶著《閑適渡滄桑──周作人》、劉獻彪編《中國現代文學手冊》和張梁編著《中國現代作家選集──周作人》皆云周作人與羽太信子結婚於一九〇九年；而王泉根編《周作人與兒童文學》卻云一九〇八年。

[45] 參見本書第一章。

他不但竭力鼓吹倡導兒童文學，而且對兒童文學的建設提出不少新的見解。

周作人的兒童文學觀涉及面廣，情況也較複雜，大致說來，有以下幾個方面：

（一）鼓吹尊重兒童的獨立人格，提高兒童的社會地位，倡導「為兒童的文學」。

一九一八年十二月，周作人在《新青年》上發表〈人的文學〉，提出了新文學就是「人的文學」的著名主張。這是繼胡適的〈文學改良芻議〉為開端的文學革命以後，把這場文學革命從文體改革的形式方面，推進到「改革文學內容的一篇最重要的宣言」。在〈人的文學〉中，周作人較早提出了婦女和兒童的人格獨立問題，他指出：在中國，從古以來兒童「只是父母的所有品，又不認他是一個未長成的人，卻當他作具體而微的成人，因此又不知演了多少家庭的與教育的悲劇」。他指責那種「將子女當作所有品，牛馬一般養育，以為養大以後，可以隨便吃他騎他」的傳統父權思想是「退化的謬誤思想」，強調親子之愛應當建立「父母愛重子女，子女愛敬父母」的新型關係，澈底拋棄「郭巨埋兒」式的傳統「孝道」。周作人的這些觀點是他根據中國的現狀所作出的獨特見解與思考，他已明確地意識到兒童還沒有進入根據人道主確立起來的「人」的行列。

周作人在以後發表的〈兒童的文學〉（一九二〇年）、〈兒童的書〉（一九二三年）、〈關於兒童的書〉（一九二三年）等

文中，進一步發揮了這種思想。他認為「我們對於教育的希望是把兒童養成一個正當的『人』」[46]，因此凡是「違反人性」束縛兒童精神的「習慣制度」都應加以「排斥」。他激烈地抨擊傳統的倫理道德對少年兒童精神上的殘害：「中國向來對於兒童，沒有正當的理解」，「不是將他當作縮小的成人，拿『聖經賢傳』盡量的灌下去，便將他看作不完全的小人，說小孩懂得甚麼，一筆抹殺，不去理他。」他強調必須尊重兒童的社會地位與獨立人格，指出「兒童在生理心理上，雖然與大人有點不同，但他仍是完全的個人，有他自己的內外兩面的生活」，「兒童教育，是應當依了他內外兩面生活的需要，適如其分的供給他，使他生活滿足豐富」，既要「承認兒童有獨立的生活，就是說他們內面的生活與大人不同，我們應當客觀地理解他們，並加以相當的尊重」，又要「知道兒童的生活，是轉變的生長的」，要用發展的眼光看待兒童[47]。周作人的這些觀點對於數千年來極端蔑視兒童個體、壓制兒童心理的舊中國傳統思想，無疑是一種有力的聲討。

周作人還指責傳統教育與傳統舊文學漠視兒童精神生活的特殊需求。他在〈兒童的書〉一文中曾說：「中國向來以為兒童只應該念那經書的，以外並不給預備一點東西，讓他們自己去爭扎，止那精神上的飢餓。」感嘆「中國還未曾發見了兒童，——其實連個人與女子也還未發見，所以真的為兒童的文學也自然沒

---

[46] 周作人撰〈關於兒童的書〉，載於《周作人全集》第一冊，頁三六七～三六九。
[47] 周作人撰〈兒童的文學〉，載於《周作人全集》第三冊，頁五七六～五八三。

有」。在〈兒童的文學〉一文中又說，雖然能為兒童喜愛的東西在「民間口頭流傳的也不少，古書中也有可用的材料，不過沒有人採集或修訂了，拿來應用」，以致造成孩子們精神食糧長期「飢餓」的狀態。周作人指出「兒童同成人一樣的需要文藝」，新文學有「供給他們文藝作品的義務」他熱切地呼籲知識界的志士仁人「結合一個小團體，起手研究」兒童文學，並提出了建設兒童文學的具體途徑：「收集各地歌謠故事，修訂古書裡的材料，翻譯外國的著作」既要有供家庭、學校教育兒童所用的書籍，又要有「用了優美的裝飾」與「插圖」專供兒童閱讀的讀物。

他認為兒童文學工作者其素質需要嚴格要求，他們應當是「對兒童有愛與理解的人」，他特別希望知識婦女從事這一工作，因為她們「本於溫柔的母性，加上學理的知識與藝術的修養，便能比男子更為勝任」[48]，他還「希望有十個弄科學，哲學，文學，美術，人類學，兒童心理，精神分析諸學，理解而又愛兒童的人，合辦一種兒童的定期刊」[49]。這就是說，從事兒童文學工作者應當具有豐富的知識與科學態度，決不能把它當作「小兒科」胡編杜撰。事實證明，周作人對兒童文學建設的這些意見是有眼光，有創見的。

（二）強調理解兒童的世界，尊重兒童心理發展的年齡特徵，主張迎合兒童心理供給他們文藝作品。

---

[48] 周作人撰〈兒童的書〉，載於《周作人全集》第二冊，頁七八～八〇。
[49] 同註四十六。

周作人認為兒童文學應當從兒童的角度出發，他在〈兒童的文學〉一文中曾說：「第一須注意於『兒童的』這一點，其次才是效果，如讀書的趣味，智情與想像的修養等」；同時「還應當注意文學的價值，……因為兒童所需要的是文學，並不是商人杜撰的各種文章」。他對兒童文學創作提出了這樣的標準：「文章單純、明瞭、勻整；思想真實、普遍」。他更在〈兒童的書〉一文中，反對兒童文學創作中的兩種不同傾向：「一是太教育的，即偏於教訓；一是太藝術的，即偏於玄美」，認為這「兩者都不對，因為他們不承認兒童的世界」。

怎樣才能寫出符合兒童的世界的作品呢？周作人提出「根據兒童心理學來講童話的應用，這個方向總是不錯的」[50]。他認為創作兒童文學「非熟通兒童心理者不能試，非自具兒童心理者不能善」[51]，要「本兒童心理發達之序，即以所固有之文學（兒歌童話等）為之解喻，所以啟發其性靈，使順應自然，發達具足，然後進以道德宗信深密之教」。總之，「逆性之教育，非今日所宜有也」[52]。從這裡我們可以看出，周作人的兒童文學觀一以貫之的是順應兒童，理解兒童，圍繞兒童，「迎合兒童心理供給他們文藝作品」[53]。

---

[50] 周作人撰〈兒童文學小論序〉，載於《周作人全集》第五冊，頁二二八～二二九。

[51] 周作人撰〈童話略論〉，載於《周作人全集》第五冊，頁二三〇～二三五。

[52] 周作人撰〈童話研究〉，載於《周作人全集》」第五冊，頁二三五～二四三。

[53] 周作人撰〈兒童劇〉，載於《周作人全集》第二冊，頁七三～七五。

周作人曾對兒童心理做過深入的觀察，在〈兒童的文學〉中，他將兒童劃分為幼兒前期（三至六歲）、幼兒後期（六至十歲）與少年期（十歲至十五歲），根據這三個年齡階段孩子的心理特徵，詳細探討適合於他們閱讀的各類文體及其要求。他認為幼兒前期的詩歌，「第一要注意的是聲調，最好是用現有的兒歌」；寓言應著重「故事的內容」；「過於悲哀、苦痛、殘酷」的童話，在這一時期「不宜採用」，幼兒後期的詩歌「不只是形式重要，內容也很重要，……要好聽，還要有意思，有趣味」；由於這一時期「兒童辨別力漸強，對於現實與虛幻已經分出界限，所以童話裡的想像也不可太與現實分離」；「兒童在這時期好奇心很是旺盛，又對於牧畜及園藝極熱心」，因此應提供一些「動物生活」的故事。少年期的孩子「對於普通的兒歌，大抵已經沒有什麼趣味了」，「奇異而有趣味的，或真切而合於人情的」傳說故事「都可採用」；「寫實的故事」應注意「不要有玩世的口氣，也不可有誇張或感傷為『雜劇的』氣味」；這時期的寓言應「注意在意義，助成兒童理智的發達」；同時還應向他們提供可演可誦的兒童劇。周作人的這些見解對當時的兒童文學創作無疑是有著啟發意義的。

為了迎合兒童心理，周作人還提出兒童文學創作應寓教於樂，做到趣味與教訓並重。他在〈兒童的書〉一文中說：「藝術裡未嘗不可寓意，不過須得如做果汁冰酪一樣，要把果子味混透在酪裡，決不可只把一堆果子皮放在上面就算了事。」供給孩子

們的讀物「須用理智與想像串合起來，不是只憑空的說幾句感情話便可成文」，在〈關於兒童的書〉一文中也如是說。他反對那種「對兒童講一句話，眨一眨眼，都非含有意義不可」[54]。他在〈讀《各省童謠集》〉一文中，還批評有些翻譯者「抱定老本領舊思想」不放，把外國兒童文學作品「都變作班馬文章，孔孟道德」，「全是用古文來講大道理」。對於編寫傳統兒童讀物，他反對《各省童謠集》的編者將兒童喜吟愛唱的兒歌「處處用心穿鑿」，「加上教訓」，「成為三百篇的續編」。如果讓這種少年老成的思想侵入兒童文學中，那只會有害於兒童。

就兒童文學的發展而言，任何國家民族的兒童文學在走向成熟的過程中，總是由不自覺到自覺，並越來越注重兒童心理，尊重兒童個性。從這個意義上說，我們認為，周作人關於「迎合兒童心理，供給他們文藝作品」的見解，和改變過去那種居高臨下只知教訓兒童而不知理解與尊重兒童心理的弊端，與初創時期現代兒童文學重視兒童心理的理論探討與創作實踐，是十分適時，也是有益的，其中的某些合理因素，至今仍有其參考價值。

（三）提倡兒童文學文體的多樣化，比較全面地探討了兒童文學的文學體裁，並肯定它們在兒童教育中的作用。

中國古代兒童文學不僅發展緩慢，而且文學體裁極為單調。五四前後，現代兒童文學的拓荒者們為了建設新文體的急需，一

---

[54] 同註四十八。

方面從外來文化中引進新的文學樣式，另一方面開始注重兒童文學文體的探討研究，發掘本國的傳統遺產。周作人在這方面所做的工作較早，成績也較可觀，其中尤以童話研究最為顯著。

一九一三年至一九一四年，周作人用文言文寫了〈童話略論〉、〈童話研究〉與〈古童話釋義〉等文章，這是現代中國最早的童話專論。周作人的童話理論內容比較豐富，對童話的分類、起源、性質、特徵、作用等提出了嶄新的見解。他最先將童話按照作者劃分為兩類：一是由人民口頭創作的「天然童話」即民間童話；二是由文人寫的人為童話，亦即「藝術童話」[55]。

周作人的童話理論主要就是探討民間童話。據周作人考證，「童話」一詞是從日本引進的[56]。民間童話中國早已有之，但由於傳統舊文學的漠視，「中國向來不曾有人搜集童話」[57]，致使「久經散逸」，「幾將蕩然」[58]。本世紀初，中國流行的童話讀物幾乎都是譯作。當時還沒有人研究童話，不少人以為童話是從外國進口的，當時商務印書館的編者就說：「《無貓國》要算中國第一本童話」。周作人則別有見地，他指出此說「實乃不然，中國雖古無童話之名，然實固有成文之童話，見晉唐小說」[59]。他採取比較文學的研究方法，將唐代《酉陽雜俎・吳洞》篇所載

---

[55] 同註五十一。
[56] 周作人撰〈童話的討論〉，載於《周作人與兒童文學》，頁八十五。這是周作人與趙景深關於童話的討論之書信。
[57] 同上。
[58] 同註五十二。
[59] 周作人撰〈古童話釋義〉，載於《周作人全集》第五冊，頁二四三～二四八。

少女葉限備受後母虐待，後因足適金履和國王成婚的故事與法國貝洛爾童話《玻璃鞋》中灰姑娘的故事做了對比，指出兩者相似之處，並說「中國童話當以此為最早」[60]，比《玻璃鞋》要早出一千二百多年。其他如〈女雀〉、〈螺女〉、〈蛇郎〉與〈老虎外婆〉等都是很好的古代民間童話。他斷言在「中國許多的所謂札記小說」中，一定有不少「可以採用的童話材料，……很值得一番整理研究」[61]。為什麼人們對中國自己的童話遺產視而不見呢？周作人認為原因就在於古代童話與神話、傳說混雜交錯，「特別歸諸志怪之中，莫為辨別」[62]，使之蒙上一層荒唐怪誕的色彩。因此要發掘民間童話，首先就要將它與神話、傳說區別開來，正確闡明童話的起源與特徵。

周作人認為童話的起源與神話、傳說有著密切的淵源，它們都是起源於人類遠古時期，反映了原始人類對客觀世界的認識。他在〈童話略論〉一文中說：

> 上古之時，宗教初萌，民皆拜物，其教以為天下萬物各有生氣，故天神地祇，物魅人鬼，皆有定作，不異生人，本其時之信仰，演為故事，而神話興焉。其次亦述神人之事，為眾所信，但尊而不威，敬而不畏者，則為世說。童

---

[60] 同上。

[61] 同註五十六。

[62] 同註五十九。

話者，與此同物，但意主傳奇，其時代人地皆無定名，以
供娛樂為主，是其區別。蓋約言之，神話者原人之宗教，
世說者其歷史，而童話則其文學也。

後來他在給趙景深的信中，表述的更為明確：

神話是創世以及神的故事，可以說是宗教的；傳說是英雄
的戰爭與冒險的故事，可以說是歷史的。……童話沒有時
與地的明確的指示，又其重心不在人物而在事件，因此可
以說是文學的。[63]

　　周作人的這番研究，在中國文學史上第一次肯定了童話的
文學性質，清除了蒙在它上面的神祕荒誕色彩，揭示了童話的特
徵，從而將童話與混雜交錯在一起的神話、傳說區別開來。
　　周作人在〈童話略論〉中指出民間童話「優劣雜出」，並
不全適合兒童教育之用，而要「刪繁去穢」、「抉擇取之」。他
提出了這樣的取捨標準：「（一）優美。以藝術論童話，則美為
重，但其美不在藻飾而重自然」；「（二）新奇」；「（三）單
純」，結構、人物、敘述都要單純，以「合於兒童心理」，「若
事情複雜，敷敘冗長，又寄意深奧，則甚所忌」；「（四）勻

---

[63]　同註五十六。

齊。謂段落整飭，無所偏倚，若次序凌亂，首尾不稱，皆所不取。」與趙景深的通信中，他特別強調「要淘汰不合於兒童心身的發達及有害於人類的道德的分子」，周作人在這裡說的雖是民間童話的取捨標準，但對於作家創作藝術童話也是同樣很有啟發意義的。難能可貴的是，他較早批判了那種認為「童話裡多有荒唐乖謬的思想，恐於兒童有害」的錯誤觀點，肯定了童話在兒童文學中的地位及對兒童的教育作用。

周作人還對兒歌進行過較為深入的探討。兒歌是兒童喜吟愛唱的一種簡短詩歌，中國古代一般稱作童謠。但在漫長的傳統社會裡，童謠的實質被陰陽五行學說作了極其荒誕的歪曲，說什麼童謠是由天上的「熒惑星」（即金星）降凡，惑童兒歌謠嬉戲而成，能預示人間災異禍福。故長期以來，童謠被各種政治力量杜撰、篡改、利用，成了蠱惑人心、製造輿論的神學工具。周作人在一九一三年寫的〈兒歌之研究〉對童謠的起源作了正確的分析，駁斥了「熒惑說」的謬論。他認為「兒歌起源約有二端，或其歌詞為兒童所自造，或本大人所作，而兒童歌之者。若古之歌謠，即屬於後者。……故童謠云者，殆當世有心人之作，流行於世，馴至為童子之所歌者耳」，根本不是天上「熒惑星」「惑童兒」所致。為何有的傳統童謠令人費解呢？他指出，這既是由於「其歌皆詠當時事實，寄興他物，隱晦其詞，後世之人鮮能會解」，又因「兒歌重在音節，多隨韻接合，義不相貫，……兒童聞之，但就一二名物，涉想成趣，自感愉悅，不求會通，童謠難

解，多以此故。」這就揭開了蒙在童謠上面的神祕乖謬外衣，恢復了它的本來面目。周作人還肯定了兒歌在兒童教育上的作用：「在教育方面，兒歌之與蒙養利尤切近」，能「應兒童身心發達之度，以滿足其喜音多語之性」，幫助他們學習語言，提高表達能力；同時兒歌中的人事之歌、傳說之歌、體物之歌等能促進孩子們觀察事物，認識世界。

他還對兒歌的特殊形式——謎語作了充分肯定：謎語「體物入微，惟思奇巧。幼兒知識初啟，索隱推尋，足以開發其心思，且所述皆習見事物，象形疏狀，深切著明，在幼稚時代，不啻一部天物志疏」。

兒童戲劇在中國出現較遲，大概辛亥革命前後，由於受西方文化影響，始有兒童劇作。值得一提的是，周作人較早提倡過這種新的兒童文學體裁。他認為兒童戲劇對孩子們具有特殊的魅力，「兒童的遊戲中本含有戲曲的原質」，兒童戲劇則將其「伸張綜合了，適應他們的需要」，使孩子們「能夠發揚模仿的及構成的想像作用，得到團體遊戲的快樂」[64]。他「很感到」兒童須有「兒童劇的必要」，「很希望於兒歌童話以外，有美而健全的兒童劇本出現於中國，使他們得在院子裡樹蔭下或唱或讀，或演扮浪漫的故事，正當地享受他們應得的悅樂」。對於兒童劇的創作，周作人提出：「第一要緊的是一個童話的世界」，「以現實

---

[64] 同註四十七。

的事物為材」，而富於浪漫色彩，作者「要復活他的童心，照著心奧的鏡裡的影子」進行創作，以「迎合兒童心理」[65]。

　　周作人雖對中國現代兒童文學提出不少建設性的見解，但他的兒童文學觀也存在著明顯的歷史侷限性。周作人是五四時期典型的人道主義作家。人道主義的一個根本缺陷就在於否認人的社會性，它講的是超時空、超社會的抽象的人[66]。周作人也不例外，他心目中的兒童只是超時空、超社會，生活在「童話天國」裡的兒童。他說：「照進化說講來，人類的個體發生原來和系統發生的程序相同：胚胎時代經過生物進化的歷程，兒童時代又經過文明發達的歷程；所以兒童學（paidoloy）上的許多事項，可以借了人類學（anthropologic）上的事項來說明。……兒童的精神生活本與原人相似，他的文學是兒歌童話，內容形式不但多與原人的文學相同，而且還有許多還是原始社會的遺物，常含有野蠻或荒唐的思想。」[67]由此可知周作人是從生物學與人類學而不是社會學的觀點來觀察兒童的；他只把兒童了解為孤立於社會之外的單個存在物，兒童精神生活只與原始人「相似」而不與現代人相通，這就割裂了兒童與現實社會生活的聯繫，否定了兒童的社會屬性。從這一觀點出發，周作人視「兒童是小野蠻，喜歡荒唐乖謬的故事」，「兒歌之詰屈，童話之荒唐，皆有取焉，以爾

---

[65] 同註五十三。

[66] 參見邵伯周著《人道主義與中國現代文學》，頁六五～七六。

[67] 同註四十七。

時小兒心思，亦爾詰屈，亦爾荒唐，乃與二者正相適合」，故兒童文學應當「順應滿足兒童之本能的興趣與趣味」，「順應自然，助長發達，使各期之兒童得保其自然之本相」，至於「內容意義不甚緊要」，「寄寓教訓，尤在其次」，「最有趣的是那無意思之意思的作品」。總之，「兒童的文學只是兒童本位的，此外更沒有什麼標準」[68]。周作人的這些觀點，明顯地受杜威「兒童本位論」的影響。杜威的「兒童本位論」雖然有著提高兒童社會地位、理解與尊重兒童心理個性的合理因素，但由於片面強調兒童生活中的直接經驗，高估了兒童自我教育和自動性的作用與價值，因而貶低了教師的教育作用，一味地順應兒童，其結果是放縱兒童性格，降低教育標準，使教學放任自流，最終誤人子弟，貽誤整個教學。周作人兒童文學觀的歷史侷限性也正在這裡。五四時期，周作人曾激烈地批判過傳統倫理道德壓制束縛兒童心理個性的罪惡，但由於他片面強調兒童心理個性，強調兒童文學「務在順應自然」，致使他從一個極端走向另一個極端，陷入了「兒童本位論」消極因素的泥沼，從人道主義與兒童本位論出發，凡是不合人性的，不能順應自然的，不符合兒童心理與趣味的，他都排斥反對。

五四運動退潮以後，周作人的思想逐步停頓，他的文學主張也逐步背叛了自己原先的主張，否認文學的社會作用，提倡性

---

[68] 分別見於周作人撰〈兒童的文學〉、〈兒童的書〉、〈童話略論〉與〈童話的討論〉諸文。

靈、趣味、閒適以至文學無用論。因此，他也反對兒童文學的社會作用。周作人的這些論調，顯然對現代兒童文學的發展方向極其有害，在當時以至後來的較長時間曾產生過十分不良的影響。這自然遭到提倡「為人生而藝術」的魯迅、茅盾、鄭振鐸、葉聖陶等一大批熱心兒童文學作家的批評，他們在二、三十年代，都曾以自己的理論主張或創作實踐，從不同角度予以反對，從而保證了中國現代兒童文學沿著正確的方向發展前進。但我們也不可以他後來的變化而否定了他早先所做的工作，畢竟周作人對中國現代兒童文學初創時期的貢獻是不可抹滅的。

五四時期兒童文學創作

　　五四時期兒童文學的創作部分以茅盾、冰心和葉聖陶最具代表性，編輯組稿的成就則非鄭振鐸莫屬。茅盾的童話最具開創性，五四時期的童話創作仍處於萌芽期，他的二十七篇童話，則為現代童話起了筆路藍縷的開創作用。再者冰心的兒童文學創作也是有目共睹的，尤其以《寄小讀者》最為膾炙人口，她寫作的特殊風格曾被視為「冰心體」而稱譽一時。葉聖陶的童話創作以《稻草人》最具藝術性，影響也最深遠；魯迅曾說葉聖陶的《稻草人》「給中國的童話開了一條自己創作的路」，這不能不說是葉聖陶對中國兒童文學的貢獻之一。至於兒童文學的開拓與發展則有賴於出版界的刊行廣為流傳，其中以鄭振鐸的成就最大。他不僅主編過《兒童世界》、《小說月報》等當時重要文藝刊物，藉此開闢「兒童文學」專欄，大力提倡兒童文學，並發表〈兒童世界宣言〉，鼓吹兒童文學的發展，使兒童刊物達到未曾有過的繁榮局面。在翻譯方面，當時的作家或多或少都有貢獻，在此則不另立章節論述之。

第一節　茅盾（一八九六～一九八一）

一、茅盾的思想背景

　　一八九六年七月四日生於浙江省桐鄉縣烏鎮一個姓沈的官商大家庭裡，初名沈鴻，後改名為沈德鴻，字雁冰。茅盾的曾祖父沈煥先商後官，雖未成大業，卻造福子孫。他希望兒孫們能從科舉中發跡，光宗耀祖，而不像自己那樣五十歲時用前半輩子辛苦掙來的錢捐得一官半職。但子孫莫不使他失望，最多考上個秀才，終究坐吃山空落入破敗之境。茅盾的祖父沈恩培，為家中長子，以秀才之名閒散一生。到了茅盾的父輩，又如祖輩，經商無力，生財無道，舉業不成，使沈家日漸破落。茅盾的父親沈永錫也是個秀才，曾從其岳父學習中醫，後開業行醫。母親陳愛珠出身名醫家庭，知書達理。[1]

　　由於父親忙於行醫和準備再次應鄉試，所以教育兒子的重任便落在母親的身上，她成了兒子的啟蒙教師。四歲時，母親教他《字課圖識》和從《正蒙必讀》裡抄錄來的〈天文歌略〉和〈地理歌略〉，母親也按《史鑑綱要》自編歷史教材，閒來也給他講《西遊記》的片段。五歲時，父親曾一度接管家塾，在這段時間

---

[1]　參見沈衛威著《艱辛的人生——茅盾傳》，頁四～七。

裡，茅盾隨父親學習了不少新知識。但是不久，父親便因肺結核併發骨結核而臥病在床，茅盾只好轉到親戚家的私塾裡就讀。半年後烏鎮的第一所初級小學——立志小學成立，他便依照父親之意進入這所新辦的小學學習新知識，成為這所小學的第一班學生。這一年，他八歲。[2]

　　十歲這年夏天，父親病重去世。這一年的冬天，他也從立志小學畢業。小學期間，國文課本都是新編的《文學初階》和《速通虛字法》，這兩本書都有圖畫，茅盾非常喜愛，他認為「《速通虛字法》的編者和畫者，實在是了不起的兒童心理學家，它的例句都能形象化，並且有鮮明的色彩。」「《速通虛字法》幫助我造句，也幫助我能夠讀淺近的文言，更引起我對於圖畫的興味。」[3]在小學時代，茅盾最喜歡繪畫，後來轉向看小說。「我家屋後的堆破爛東西的平屋裡，有不知屬於哪一位叔曾祖一板箱舊小說——當時稱之為『閒書』，都是印刷極壞的木板書，雖有『繡像』，實在不合我的脾胃。畫手和刻手都太拙劣，倒是其次；主要的原因是其中的人物都是『古衣冠』，而表情也和我們活人不同。可是這板箱裡還有幾十張石印的極工細的『平定發逆』的宣傳畫，這大概是我的曾祖在漢口寄回來的。這裡的人物全是現代衣冠了，而且有兵有大砲，有大刀隊鋼叉隊，非常熱鬧。我找得以後，高興極了。」而茅盾看的第一本「閒書」是

2　茅盾撰〈我的小學時代〉，載於《茅盾和兒童文學》，頁三八三～三八七。
3　同註二。

《西遊記》，父親知道後並不責備，說「看看閒書也可『把文理看通』。」叫母親把一部石印的《後西遊記》給他看[4]。而在小學裡，每個月都有國文考試，凡考前幾名的都會有獎賞，茅盾的作文每每名列前茅，而獲頒獎。有一次的獎賞是兩本童書——《無貓國》與《大拇指》，這時候茅盾才知道「有專給小孩子看的『閒書』」[5]。

一九〇七年，進入烏鎮高等小學，即後來改名的植材小學。在高小的這段期間，他的作文也每每得到老師們的讚賞。一九一〇年春，茅盾考進湖州中學，插班二年級。一九一一年的夏天，轉入浙江省立第二中學（在嘉興），插班三年級下學期的課程。這一年的十月四日，辛亥革命爆發，而茅盾和幾個同學因為起來反對守舊的新任學監，遂被學校開除，春節過後，他不得不轉入杭州公立安定中學插班，繼續讀書；一九一三年，從安定中學畢業，考入北京大學預科第一類就讀。[6]

北京大學的前身乃京師大學堂，是戊戌維新運動的產物。一九一二年三月，蔡元培擔任教育總長，嚴復任大學堂監督，五月，改為國立北京大學校，嚴復為校長。一九一三年秋，茅盾入校時，校長由留學歸國的理科院長胡仁源代理，首屆招生的預科由留美歸國的沈步洲任主任，教授中也多洋人。[7]

---

[4] 同註二。

[5] 同註二。

[6] 同註一，頁十九～三十。

[7] 同上。

在北大期間，茅盾由外籍老師的引導，開始有系統地學習外國文學及世界歷史。凡笛福的《魯賓遜飄流記》、莎士比亞的《麥克白》、《威尼斯商人》、《哈姆雷特》，他都盡收眼底，並在一位年輕的美籍教師幫助下，嘗試用英文寫作，待預科畢業時，他已精通英文，並閱讀了大量的外國文學作品。[8]

　　一九一六年六月六日，在全國人民的討伐聲中，袁世凱政權結束。袁世凱的死使軍閥開始混戰，茅盾也因家庭經濟窘迫而無法繼續升學。七月初，他離開北京回故鄉，從此告別了他的學生時代。八月上旬，便由親戚介紹到商務印書館編譯所英文部工作，不久為編譯所所長高夢旦賞識，而調至國文部與孫毓修合作譯書。孫毓修的名字，茅盾早已耳聞，因為在他童年時，有一次大考得獎，獎品就是孫毓修一九〇八年根據英格蘭童話編譯的《無貓國》。茅盾見到資深編輯孫毓修後，孫便把他譯了前三章的《衣》交給他。於是，茅盾便開始了早期的翻譯工作。很快地便把《衣》、《食》、《住》這三本普通讀物譯完，作為《新知識叢書》，於一九一八年四月正式由商務印書館出版，署名沈雁冰編譯。茅盾又在孫毓修的倡議下，編纂了《中國寓言初編》。[9]

　　一九一七年，一方面幫孫毓修譯書，再方面則助編《學生雜誌》，就在此時，茅盾開始了他初期的文學生涯，從此一發而不可收。舉凡童話、名人傳記、文學評論、社會評論等，都網羅

---

[8]　參見《茅盾和兒童文學》，頁五三七～五四四。
[9]　同上。

在內，有編、有寫、有譯，樣樣精通。一九二〇年接手改革《小說月報》，期間曾受鄭振鐸、周作人等人來信的鼓舞，並力邀茅盾參加正在組織的文學研究會，茅盾立即去信表示接受加入文學研究會的邀請，並表示《小說月報》願竭誠為文學研究會服務，成為該會的陣地。一九二一年開始，標誌著中國文壇上一個自覺的、有組織、有綱領、有陣地、有中堅人物的新文學社團——文學研究會在北京成立；同時也標誌著中國新文學的中心，將由北京的《新青年》而轉移到上海。長期由舊文學勢力盤踞的十里洋場的大上海，從此也將因《小說月報》的全面改革而出現真正的新文學，在文壇上居於主導地位。茅盾本人也因此而成為新文學運動在南方的代表人物，赫然卓立於二十世紀的中國文壇。[10]

二、茅盾的兒童文學創作

　　一九一六年到一九二五年，是茅盾從事文學運動的第一個十年，也正逢兒童文學在五四新文化運動中蓬勃興起、發展的時期。在茅盾的十年編譯生涯中，他撒下了兒童文學的種子，成為兒童文學運動的推動者。兒童文學活動是他文學活動的起步，也是他文學活動的一個方面。

　　茅盾對於五四時期的兒童文學作過精闢的歷史總結：

---

[10] 同註一，頁三一～三五。

「兒童文學」這名稱，始於「五四」時代。大概是「五四」運動的上一年罷，《新青年》雜誌有一條啟事，徵求關於「婦女問題」和「兒童問題」的文章。「五四」時代的開始注意「兒童文學」是把「兒童文學」和「兒童問題」聯繫起來看的。這觀念很對。記得是一九二二年頃，《新青年》那時的主編陳仲甫先生在私人的談話中表示過這樣的意見：他很不贊成「兒童文學運動」的人們僅僅直譯格林童話或安徒生童話而忘記了「兒童文學」應該是「兒童問題」之一。[11]

　　茅盾這一段總結表明了他的兒童文學觀念。把兒童文學看作社會問題之一——兒童問題的一個方面，就是把兒童文學與兒童教育、兒童心理聯繫起來，而不只是翻譯外國兒童文學作品，更應該深刻體認兒童文學是兒童問題之一。

　　正由於有這樣積極的兒童文學觀念，十年之中，茅盾為少年兒童編譯作品的工作，未曾停輟。他的兒童文學活動是他早期文學活動的一個重要側面，也是中國兒童文學產生期的一個不可忽視的部分。茅盾在兒童文學方面，主要創作寓言、科學小說、童話、神話故事等，皆有獨特的貢獻。他從中國古典文學、外國文學的寶藏中，開採出兒童文學的材料，又冶煉成合於兒童口味的

---

[11]　茅盾撰〈關於「兒童文學」〉，載於《茅盾和兒童文學》，頁四一○。

作品。這不僅是當時的創舉，也為後來的兒童文學發展在題材方面開闢了一條寬廣的道路。

總結茅盾對兒童文學的貢獻，略述如下；

（一）倡導科學文藝

科學文藝是兒童文學的一個重要題材，一九〇三年至一九〇六年魯迅從日文版轉譯了兩部法國的科幻小說《月界旅行》與《地底旅行》。接著，茅盾於一九一七年在《學生雜誌》上發表科學小說〈三百年後孵化之卵〉，之後又發表〈兩月中之建築譚〉、〈二十世紀後之南極〉、〈理工學生在校記〉這些都是茅盾在五四運動前翻譯的代表作[12]。茅盾之所以熱心於科學小說和科學知識的介紹，和他早年所受的家庭教育有密切關係。茅盾的父親是一個開明的知識份子，且本身愛好自然科學，尤其是算學，常托人去買新出的算學書，並且時常教孩子算學。雖然幼年時的茅盾對算學是那麼「不近」[13]，但是在父親的影響下，對科學救國的道理，文明進步的趨勢是很理解的。

茅盾早期翻譯的科學文藝作品，可歸納為三個特點：一、主角都是青年或學生；二、小說的內容都是探險故事；三、在故事中灌輸科學知識。而在翻譯手法上，茅盾用了當時很流行的意譯手法，深受林紓翻譯小說的影響，這可能和茅盾的母親有關，因

---

[12] 同註八，頁五三一～五三二。

[13] 同註一，頁十一。

為他的母親是位知書達理的婦女，且很喜歡看小說，對於風行一時的林譯小說愛不釋手，凡有新書一定要托人購上一冊，所以家中頗多藏書，這對喜歡看閒書的茅盾是個極好的機會[14]。五四前後為中國新文學建立了輝煌成績的魯迅、郭沫若等人，在年輕時也都從林譯作品中吸取過營養，同時代的茅盾也不例外。

　　五四運動爆發後，從一九一九年十二月至一九二〇年十月，茅盾用白話文為少年兒童譯寫了十二篇科學小品，均刊登於商務印書館的《學生雜誌》上[15]。這些科學小品都是茅盾根據外國材料譯寫的，每篇或多或少程度不一的加工。介紹的都是外國最新的科學發明、創造、發現、知識，涉及的知識面極廣，天文地理、物理化學、機械製造、生物醫學，樣樣都有。茅盾的科學小品不僅具有新且廣的特點，更具有哲學意味和知識趣味。茅盾一方面用明白曉暢的語言，將各種科學講述得娓娓動聽，打開知識的寶箱，開闊讀者的眼界；另一方面又抒發議論，引發深刻的哲理，言簡意賅，給讀者以思想的啟發。

　　茅盾積極譯寫科學文藝，是他實踐五四提出的「科學與民主」號召的一項具體表現，也是他積極參與五四新文化運動的一個側面，更是他站在五四新文化運動和兒童文學運動最前列的又一證明。

---

[14]　參見金玉燕著《茅盾的童心》，頁一二～一八。
[15]　同上，頁一八五～一八七。

（二）開創性質的童話

　　中國的童話源遠流長，據周作人考證：「中國雖古無童話
之名，然實固有成文之童話，見晉唐小說，特多歸諸志怪之中，
莫為辨別耳。」[16]而「童話」這個名稱始於何時？始於一九〇九
年商務印書館開始出版專供少年兒童閱讀的文學叢書──《童
話》，這套叢書中大多數作品是真正的童話，還有少數屬於故
事、寓言。到一九二一年，共出了三輯，計一百零二冊。其中孫
毓修編寫了七十七冊，茅盾以原名沈德鴻編寫十七冊，鄭振鐸編
寫四冊，還有四冊為他人所編。[17]

　　茅盾的十七本童話中，編纂的五本，編譯的有十一本，編著
的有一本。從題材來看，大致可分成三類：第一類是根據外國童
話、神話或民間故事加以改寫，計十七篇。如〈蛙公主〉、〈驢
大哥〉取材於《格林童話》，〈金龜〉出自阿拉伯民間故事〈一
千零一夜〉。第二類是根據中國古典讀物改編，多半取材於唐人
傳奇與宋人話本，共五篇。如〈大槐國〉是根據〈南柯太守傳〉
改編的，〈樹中餓〉是根據〈羊角哀棄官贖友〉的故事改寫的。
第三類是茅盾個人的創作，有〈書呆子〉、〈一段麻〉、〈尋快
樂〉、〈風雪雲〉、〈學由瓜得〉等五篇。這類童話，以今天的

---

16 周作人撰〈古童話釋義〉，載於《周作人全集》第五冊，頁二四三～二四八。
17 同註十四，頁十八～十九。

第四章　五四時期兒童文學創作　●　129

眼光看，有的實際上是兒童小說，如〈書呆子〉與〈一段麻〉；有的是寓言，如〈學由瓜得〉，但都不失為成功之作。

茅盾一開始從事兒童文學，就十分注重作品的思想性，通過童話的形式向兒童進行思想的教育。有的是宣揚中華民族的傳統美德，有的是揭發社會的黑暗面，也有的是關注兒童的日常生活習慣等。擬人化與對比手法的巧妙運用，也是茅盾童話藝術的一大特色。

由於五四時期的童話創作尚處於探索、嘗試的階段，沒有成功的先例可為借鑒，因此出現在茅盾筆下的作品，也難免帶有這種嘗試性質的不足之處。例如在題材方面大多採自外國的與中國古代的材料，還沒有把眼光注意到現實生活上來；其次是童話形象的典型化程度化不高；三是受到古典小說起承轉合等傳統表現手法的影響，常常在文內加入自己的插話和評述。此外，在語言方面，有時也有文白夾雜的現象。

五四時期還是童話創作的萌芽時期，一切都要經過拓荒者們的嘗試，後人明智，自然不應苛求前人的實績。從現代童話創作發展史考察，茅盾的二十七篇童話，正是我們認識和研究早期童話基本風貌的寶貴文獻，它記錄了中國現代兒童文學拓荒者探索童話創作的深深腳印，它的成功與不足，為現代童話起了篳路藍縷的開創作用，而開創之功是不可抹滅的。

（三）開闢神話新視野

　　茅盾從一九二四年九月開始研究神話和翻譯神話故事，當初在商務印書館出版的《兒童世界》週刊上，連載的北歐神話和希臘神話，正是茅盾研究和介紹外國神話的開端[18]。從世界兒童文學的歷史來看，兒童文學的形成和發展有一定的規律，最初都是從改編神話傳說和成人小說開始的，從神話傳說中可以直接產生兒童文學。由此可見，世界文學的瑰寶──希臘、羅馬神話和北歐神話的介紹引進，對處於草創階段的中國兒童文學是非常重要的[19]。茅盾和鄭振鐸這兩位兒童文學的倡導者，當時相約分工編譯兩大系統的神話，把它們介紹給中國的少年兒童，的確是經過通盤考慮後的有計劃的補缺工作，並為中國的兒童文學開闢了一個新天地。

　　編譯神話既出於茅盾培育兒童文學的動機，也是他研究和介紹外國神話的一個結果。他在〈《神話研究》序〉一文中曾說：

　　　　二十二、三歲時，為要從頭研究歐洲文學的發展，故而研
　　　　究希臘的兩大史詩；又因兩大史詩實即希臘神話之藝術
　　　　化，故而又研究希臘神話。彼時我以為希臘地處南極，則
　　　　地處北歐之斯堪的納維亞各民族亦必有其神話。當時搜集

---

[18]　同註十四，頁三五。
[19]　同上。

可能買到之英文書籍，果然有介紹北歐神話者。繼而又查大英百科全書之神話條，知世界各地半開化民族亦有其神話，但與希臘神話、北歐神話比較，則不啻小巫之與大巫。那時候，鄭振鐸頗思編輯希臘神話，於是與他分工，我編輯北歐神話。惜鄭振鐸後來興趣轉移，未能將希臘神話全部編譯。我又思，五千年文明古國之中華民族不可能沒有神話，《山海經》殆即中國之神話。因而我又研究中國神話。

可見，編譯神話是茅盾研究神話的整個系統中重要的一環，體現了茅盾研究神話的成果，在一九八一年出版的《神話研究》一書中基本上得到了匯集。

茅盾在一九二四年九月到一九二五年四月之間，譯述了希臘神話和北歐神話故事共十六篇，這是中國兒童文學史上第一次系統地介紹神話故事，以前雖也有從希臘故事中譯述零星故事[20]，但畢竟很少。

茅盾選譯神話的目的很明確，他把增長智識、培養兒童具有高尚的道德情操放在第一位。他在第一篇希臘神話〈普洛末修偷火的故事〉的卷首寫道：

---

[20] 如孫毓修的《點金術》。

希臘神話極豐富優美，是希臘古代文學裡最可寶貴的一部分材料。我們現在讀著，不但借此可以知道古代希臘（有史以前的希臘）的社會狀況，並且可以感發我們優美的情操和高貴的思想。我們借此可以知道古代希臘人的起居服用，雖然遠不及我們的文明，然而他們那偉大高貴的品性，恐怕我們還不及他們呢？

茅盾在翻譯神話時，又總是把神話的來源，希臘神話和北歐神話的風格、特點，它們之間的異同作一一介紹。這些介紹豐富的知識，有助於讀者理解。這是茅盾譯述神話的特點。

茅盾介紹神話時，基本上採用譯述，即保持原作的內容和精神，同時又有一些新的創造和新的提法作為補充。如在〈何以這世界上有煩惱〉的故事末尾，茅盾寫道：

所以照希臘古人的說法，煩惱到了世界上，雖然給人類許多痛苦，但是希望跟著也來，幫助人類戰敗了煩惱，重生新精神，奔赴將來的鵠的。人生得煩惱的，但希望像半空中一盞明燈，永遠指示人以快樂的將來的大路，使得我們多經一次煩惱，便加深一層對於將來的信托！

這些哲理性的總結和介紹，對小讀者理解作品有一定的幫助，也加深了作品的主題。

茅盾在神話研究和介紹方面的貢獻是令人矚目的，他從歐洲神話的礦藏中開採出材料，而後冶煉成適合兒童的文學作品，給他們知識和美的享受。

（四）兒童小說的創作

茅盾反映兒童生活的小說，有中篇的〈少年印刷工〉和短篇的〈阿四的故事〉、〈大鼻子的故事〉、〈兒子開會去了〉、〈列那與吉地〉等。他的兒童小說主題鮮明，富有教育意義，善於通過對作品主角坎坷命運的描寫，揭示孩子們在舊時代的苦難。這些作品既是供孩子們閱讀的，也是作者對大多數孩子在舊中國的不幸遭遇表示同情和控訴，呼籲整個社會來關心他們的成長。

茅盾的兒童小說也為兒童文學創作提供了一條極寶貴的經驗，那就是重視兒童年齡的特徵，兒童文學作品所運用的各種文學創作技巧，都必須和兒童的欣賞能力和欣賞趣味相適應。茅盾能創作出色的兒童小說，就是因為他能夠改變一些藝術技巧，使之適合於兒童的胃口。他的兒童小說寫得讓小讀者看得懂又覺得有味，富有吸引少年兒童、感染少年兒童的藝術感染力，是列之於文學之林的出色作品，也是深受少年兒童歡迎的作品。這些兒童小說的內容和技巧，充分證明了茅盾心中始終跳動著一顆熱愛孩子的赤子之心，對於兒童文學有敏銳的藝術敏感度，因此這也

是他文學才能的另一面向。[21]

　　茅盾是中國著名的現代作家，同時又是兒童文學的開拓者之一，他為兒童文學的誕生、發展和繁榮灑下過無數汗水、灌注過大量心血，他在這方面作出努力的時間之長，涉及面之廣，可說是現代作家中少見的。他從踏上文壇之始，便從事兒童文學的譯著，無論是兒童的科學文藝、童話、神話、兒童小說、兒童散文與兒童文學評論等，涉及到兒童文學的各種樣式，甚至到暮年時還在關心著少年兒童[22]。因此就茅盾而言，兒童文學活動已經成為他整個文學生涯中一個不可分割的部分；就兒童文學發展史而言，茅盾也是一位不可忽略的先驅者之一。

第二節　冰心（一九〇〇～一九九九）

一、冰心的思想背景

　　冰心，本名謝婉瑩。一九〇〇年十月五日出生於福建省福州市隆普營的一所大房子裡，這所大房子是她祖父謝子修所操持的

---

[21] 同註十四，頁八九～一二七。

[22] 一九八一年三月二十七日茅盾逝世於北京，享年八十五歲。就在同年的一月，茅盾還寫了〈想想孩子們吧！〉一文，說「我們衷心希望有關的同志們能把這件事看作自己的義不容辭的責任。我們都是父母，都是爺爺、奶奶。我們對於下一代應盡的責任是不能推辭的。為孩子們做件好事，也是為祖國的未來做好事。為什麼我們不給孩子們盡可能創造一些更好的條件呢？為什麼我們不能做到把最好的東西給兒童呢？」在逝世前的兩個月還發出「想想孩子們吧！」的呼聲，感人肺腑。所以兒童文學活動恰似一根扯不斷的長線，始終貫穿他的一生。

一個大家庭。祖父謝子修是謝家第一個讀書識字的人，他的父親本是長樂縣的一個貧農，因為天災，逃到福州城裡學做裁縫。又因為不識字，被人家賴了帳，竟然過年前無米下鍋，謝子修的母親為此急得上吊自縊，幸虧謝子修的父親發現得早，連忙把她解救下來，兩人抱頭痛哭之後立下決心，如果將來生個兒子，拼死拼活也要讓他讀書識字；於是冰心的祖父謝子修成了一個教書先生，並在城內的道南祠授徒為業。也因此他不僅不反對而且鼓勵他的小孫女冰心讀書識字，甚至讓她出國留學。[23]

冰心的父親謝葆璋是謝子修的第三個兒子，在他十七歲的那年謝子修的朋友嚴復回故鄉招募海軍學生，謝葆璋便應試通過，跟著嚴復北上，進了天津紫竹林水師學堂的駕駛班當學生。由於謝葆璋刻苦學習且年輕幹練，因此步步高升，在冰心出世時，他已經擔任副艦長的職位。[24]

冰心的母親楊福慈，是一位性情溫柔文靜的女子，但瘦弱多病，每天除了做家務外就是看書，雖然恬淡處世，天性卻極為敏感，極富感情。十九歲嫁到謝家後，夫妻的感情極好，總是充滿溫暖和諧的氣氛。[25]

冰心是這對夫妻的長女，也是他們唯一的女兒，母親後來又生了三個弟弟。雖然也生過一個妹妹，但出生幾天就夭折了，所

---

[23] 參見蕭鳳著《冰心傳》，頁二～三。
[24] 參見卓如著《燦若繁星——冰心傳》，頁六～八。
[25] 同註二十三。

以冰心就成了他們的掌上明珠。[26]

　　一九〇一年，在冰心剛滿七個月的時候，父母就抱著她離開故鄉福州到上海，在冰心三、四歲的時候，父親又奉命到山東煙台去創辦海軍軍官學校，因此冰心又跟隨父母遷居到煙台。冰心就在煙台的大海邊渡過了她的童年時代。大海陶冶了冰心的心靈，豐富了她的想像力，後來更賦予她創作的靈感，她把自己在大海旁邊馳騁的幻想，以及在這些幻想之中蘊藏的哲理的因子，逐漸凝聚成為對生活哲理的探求。[27]

　　冰心和母親的感情非常好，因為母女間情感的交流，培育和豐富了冰心的內心世界。她母親這種柔情蜜意的澆灌，在她童年的心中積澱了許多傾訴不完的思緒，一旦當她形成寫作的念頭時，這種純潔的情愫就自然而然地流淌奔洩出來。冰心就這樣一直沐浴在母愛的溫柔、深沉的海洋裡，這份豐富的感情養料，不僅灌溉了她童年時代的心田，也滋潤了她一生的情感。因此在冰心一生的創作中，有許多是謳歌母愛的篇章，這些篇章使許多曾經享受過母愛的讀者，增添了新鮮而豐富的體驗；也使許多不曾享受過母愛的讀者，感受和體察了這種無私的情感。這就是為什麼冰心的作品總能深入人心和歷久不衰的原因。[28]

---

[26]　同註二十三。

[27]　冰心撰〈我的童年〉，載於《冰心散文近作》，頁二七～四〇。

[28]　參見劉家鳴編《冰心散文選集》，頁七～十一。

冰心在（《寄小讀者》四版自序）中，曾講述她和母親的關係：

> 我摯愛恩慈的母親。她是最初也是最後我所戀慕的一個人，我提筆的時候總有她的蹙眉或笑臉，湧現在我的眼前。她的愛，使我由生中求死——要負擔別人的痛苦，使我從死中求生——要忘記自己的痛苦。

在《寄小讀者・通訊十二》中，冰心也這樣描述她的母親：

> 我每次得到她的信，都不曾預想到有什麼感觸的，而往往讀到中間，至少有一兩句使我心酸淚落。這樣深濃，這般沉摯，開天闢地的愛情呵！願普天下一切有知，都來頌讚！

冰心的父親謝葆璋，雖然是一位行伍出身的海軍軍官，卻也是一位舐犢情深的父親，他對自己唯一的愛女，更是充滿了柔情。他甚至捨不得讓女兒吃一點苦，不讓她穿緊鞋，冰心深知父親對她的疼愛，所以她剛一感到鞋子有點緊，就故意在父親面前一瘸一瘸地走，父親一見，就立刻埋怨母親說：「妳又給她小鞋穿了！」母親也氣了，就把剪刀和紙裁的鞋樣推到父親面前說：「你會做，你給她做，將來長出一對金剛腳，我也不管！」父

親就會真的拿起剪刀和紙來剪鞋樣，父母經常為了此事笑謔口角[29]。在冰心成年以後，曾寫了一篇名為〈海上〉的短篇小說，是專門歌頌父愛的，而不像其他許多散文、小說與詩裡，多是歌頌母愛的。

除了享有雙親的摯愛外，冰心還享有豐厚的手足之情。她與三個弟弟之間情感深厚，常常在一起談天說地，講古論今，遊戲嬉笑。後來，當冰心長大成人後，遠離家人到美國留學時，她與弟弟們的書信往返，便結集成當時受到廣大小朋友喜愛的《寄小讀者》一書，風靡一時。[30]

冰心自小便是個聰穎的女孩，四歲時就跟著母親認字。但是單個的生字，滿足不了冰心的求知欲，她更感興趣的是那些有人物、有情節、悲歡離合的故事。於是便常纏著母親或奶娘，請她們講〈老虎姨〉、〈蛇郎〉、〈牛郎織女〉和〈梁山伯與祝英台〉等故事。後來她的弟弟出世了，母親便沒有時間再擔任她的啟蒙老師，於是把這個職務交給冰心的舅舅楊子敬先生。楊子敬是冰心父親的文書，全家和謝葆璋家居住在一起，他的思想很開明，他知道冰心愛聽故事，就答應她每天晚飯後講故事給她聽。她從舅舅的嘴裡，第一次聽到《三國志》和美國小說《黑奴籲天錄》的故事，令冰心著迷不已。[31]

---

[29]　冰心撰〈童年雜憶〉，載於《冰心全集》第七集，頁二二○。
[30]　同註二十三，頁九～十一。
[31]　同註二十三，頁二二～三一。

為了討舅舅的歡心，冰心對白天的功課做得加倍勤奮。但是舅舅工作一忙，晚上便顧不得給外甥女講故事了，每逢此時，冰心便像熱鍋上的螞蟻，坐立難安。有時舅舅竟一連五六個晚上不給冰心講故事，急得她每晚在舅舅書桌旁徘徊。然而這個狠心的舅舅，竟固執地埋頭於自己的公務中，不接受外甥女的暗示。冰心急於要知道故事的發展，沒辦法，只得自己拿起《三國志》來，邊猜邊看。有的字她實在不認識，但是因為反覆出現，字義居然被她猜著了。她就這樣又猜又看，囫圇吞棗，一知半解地讀下去，越讀越有興趣，居然也把一本《三國志》看完了，這一年，冰心只有七歲[32]。她看書看得著迷了，便手不釋卷，頭也不梳，臉也不洗，有時歡笑有時流淚，這種樣子母親看了十分憂慮，有一次冰心在澡房裡偷看書，把洗澡水都涼透了，母親氣得把她正看著的《聊齋志異》搶過去，撕去了一角，從此以後冰心便反覆看著這殘缺不全的故事，直到十幾年後她買到一部新書時，才把故事情節拼全了[33]。她就這樣讀著，到了十一歲，她已看完《三國志》、《水滸傳》、《聊齋志異》、《西遊記》、《兒女英雄傳》、《說岳》和《東周列國志》等書。

　　中國古典小說雖然把冰心領入文學寶庫的大門，但卻無法完全滿足她求知的渴望。她對一切新鮮的事物都感到興趣，除了舊小說外，她還開始貪婪地閱讀林紓翻譯的外國小說，甚至關於革

---

[32] 同註二十三，頁二三。
[33] 同註二十三。

命的禁書。

　　在冰心十歲的時候，從南方來了一位表舅王舜逢先生，接替了楊子敬的職務，成為冰心第二任的啟蒙教師。他對冰心最重要的規勸是：「讀書當精而不濫。」[34]這樣在王先生的指導下，冰心開始學習國文教科書和《論語》、《左傳》、《唐詩》、《班昭女誡》、《飲冰室全集》等等。又在王先生的循循善誘下，開始愛上了詩。她讀詩，並開始學習寫詩。

　　一九一一年，因父親工作緣故，舉家遷返故鄉福州。那年秋天，冰心考取福州女子師範學校預科，第一次經歷正規學校的生活。她在這所學校只讀了三個學期，中華民國成立，海軍部長黃鍾瑛便召她父親上北京，因此她又跟隨著父母到北京。初到北京，她沒有進學校，白天父親去上班，她便幫體弱的母親料理家務，陪伴年幼的弟弟們。她唯一的消遣是翻看母親訂閱的幾本雜誌，如《小說月報》、《東方雜誌》、《婦女雜誌》等，那時的《小說月報》上，既有圖畫，又有小說，還有筆記、譯叢等專欄，內容豐富多彩，此時她也開始接觸到當時為兒童寫的文學作品，如《無貓國》、《大拇指》等，其中冰心最喜歡《大拇指》的故事，她認為那個小人兒十分靈巧可愛[35]。在晚上，她便幫弟弟們複習功課，複習完了，就給他們講故事。故事的內容，都是

---

[34] 參見《冰心全集》自序。
[35] 冰心撰〈我是怎樣被推進兒童文學作家隊伍裡去的〉載於《冰心全集》第七冊，頁一一五～一一八。

她在現在或是過去，從中外古今的小說或雜誌裡看來的，再加上她的一點想像，一點虛構，編成冰心式的體裁。一年下來不知不覺中也講了三百多則故事，這可算是冰心將來走上創作道路的口頭練習。

在家中閒居的日子，使冰心覺得無聊。一九一四年的夏天，便要求家人讓她上學，他們便讓她上離家很近的貝滿女子中學。貝滿女中是一所新型的學校，教學內容與過去讀的四書五經的中國傳統教育迥然不同，完全是從歐美的學校裡借鑒過來的，數學、物理、化學、地理、歷史、常識、語文、英語、體育等是日常課程，冰心正是在這裡接受第一次系統的科學教育。一九一八年八月，十八歲的冰心以全班最高的分數，從貝滿女子中學畢業，順利地進入協和女子大學預科就讀。雖然冰心對文學非常有興趣，但她並沒有學文的志向，因為母親體弱多病，所以從小冰心便立志從醫，好為母親治病。[36]

一九一九年五四運動爆發，從小便受父親愛國思想影響的冰心，也加入由北京的女子大學和女校組成的女學界聯合會，成了聯合會宣傳股裡的成員。除了參加平日的學生運動外，冰心也開始用白話文寫宣傳文章，以表達內心關心時局、過問國事的見解，恰巧冰心的表兄劉放園當時正在北京《晨報》當編輯，所以女大學生的宣傳文字便陸陸續續地在《晨報》上發表了，冰心也

---

[36] 冰心撰〈自傳〉，載於《冰心創作論》，頁三。

公開發表她的第一篇文章〈二十一日聽審的感想〉，之後《晨報》又連載了她的第一篇小說〈兩個家庭〉，這是她第一次以「冰心」為筆名發表的作品，此外冰心還有女士、男士等筆名。劉放園先生還不斷地把新出版的《新潮》、《新青年》等雜誌，拿給冰心，鼓勵她多閱讀這些雜誌和報紙，從中吸取養分，以供寫作之用[37]。冰心從《新青年》雜誌裡閱讀到胡適的〈文學改良芻議〉、〈建設的文學革命論〉，陳獨秀的〈文學革命論〉，錢玄同的〈寄陳獨秀〉，劉半農的〈我之文學改良觀〉等新文學理論，更讀到中國現代文學史上第一篇白話小說──魯迅的〈狂人日記〉。冰心曾在〈回憶「五四」〉一文中，說：

> 五四運動的前後，新思潮空前高漲，新出的報刊雜誌，像雨後春筍一樣，目不暇給。我們都爭著買，爭著借，彼此傳閱。其中我最喜歡的是《新青年》裡魯迅先生寫的小說，像〈狂人日記〉等篇，尖刻地抨擊吃人的禮教，揭露著舊社會的黑暗與悲慘，讀了使人同情而震動。

一九二一年冰心也由許地山、瞿世英等人的介紹，加入文學研究會，並成為該會的中心骨幹之一[38]。在五四新文化運動的浪潮下，把冰心捲出了狹小的家庭和學校的門檻，使她直接接觸現

---

[37] 同註二十三，頁五四～五六。
[38] 參見錢谷融主編《文學研究會評論資料選》，頁三～十三。

實社會，讓她目睹現實的社會問題，並改變她以往學醫的志向，也改變冰心以後的生活道路。

　　一九二一年暑假，冰心從協和女子大學預科畢業，便改行入了文科，此時協和女子大學已和燕京大學合併，一九二三年，冰心以優異的成績從燕京大學畢業，同時取得美國威爾斯利女子大學的獎學金，所以在大學畢業後，立即準備東渡太平洋，到太平洋彼岸去繼續求學。一九二六年畢業返國，先後在燕京大學、清華大學任教。[39]

二、冰心的兒童文學創作

　　冰心是五四時期的一位重要女作家。她最初以「問題小說」步入五四文壇，嶄露頭角；而後以清新秀逸的小詩《繁星》、《春水》在詩界獨樹一幟，引人矚目；接著又以溫柔優美的散文《寄小讀者》開拓了兒童散文創作的新天地，奠定了她在現代兒童文學史上的地位。

　　冰心寫小說，寫詩，也寫散文，甚至也翻譯印度童話。她的文學天分最早表現在小說創作上，在五四新文化運動的直接影響下，她開始了「問題小說」的創作。自從一九一九年在北京《晨報‧副刊》上發表處女作〈兩個家庭〉起，相繼發表了她的成名

---

[39] 同註三十六，頁三～五。

作品〈斯人獨憔悴〉及〈超人〉和〈分〉等多篇短篇小說。一九
二一年她在《小說月報》發表的〈離家的一年〉，之後又寫了
〈寂寞〉，這幾篇小說都是寫有關兒童的事情，但實際上是給大
人看的。在作品裡，冰心抱著「人世間只有同情和愛戀，人世間
只有互助與匡扶，……。」[40]她感到人生的虛無，於是在她的思
想深處，她的「同情」和「愛戀」，就醞釀著對母親的愛，也很
自然地滋長出從歌頌母親到歌頌對孩子的深情。[41]

　　冰心所駕馭的各種文體中，以散文寫得最好，其中更以《寄
小讀者》的二十九篇通訊最為膾炙人口。《寄小讀者》是冰心於
一九二三年八月赴美留學時，自北京到上海的途中，再旅居美國
時的所見所聞，用書信形式寄回國內發表，一九二六年結集而成
的散文集。

　　在二十九則通訊中，內容可概括為「景」和「情」兩方面，
在描寫景的方面，以《寄小讀者‧通訊十六》為例：

> 青山真有美極的時候，二月七日，正是五天風雪之後，萬
> 株樹上，都結上一層冰殼。早起極光明的朝陽從東方捧
> 出，照得這些冰樹玉枝，寒光激射。下樓微步雪林中曲折
> 行來，偶然回顧，一身自冰玉叢中穿過，小樓一角，隱隱

---

[40] 冰心著《往事》自序，載於《冰心全集》。
[41] 閻純德撰〈新文學第一代開拓者冰心〉載於《新文學史料》一九八一年第四期，
　　頁一二八。

看見我的簾幕。雖然一般的高處不勝寒而此瓊樓玉宇，竟在人間，而非天上。

像這樣美不勝收的景色，冰心的兒童文學作品中比比皆是。諸如慰冰湖的明媚，玄妙湖的秀麗，綺色佳的深幽，尼加拉大瀑布的奔注，在在使小讀者恍若置身於自然美景中，引發出豐富的想像力與內心美好的情感[42]。冰心的兒童文學作品，注重以美的教育來陶冶和培養兒童的高尚品德，引導他們積極向上，健康成長。為了培養兒童的審美觀點和對於美的感受能力，冰心總是通過自己的親身經歷，著力給小讀者描繪大自然的廣大無邊和變幻無窮的絢麗色彩。冰心的兒童文學作品，彷彿就是一幅幅的山水畫，美不勝收。

而且冰心在作品中，往往也根據兒童求知慾強的特點，藝術地穿插一些天文、地理、歷史、科學等方面的知識，灌輸給小讀者。但冰心並非單純地傳授知識，不像教科書那樣系統，也不同於普通讀物，而是在行雲流水般的描述中，蘊藏著豐富的知識，通過生動活潑的形象描繪，使兒童在趣味橫生中擴大了知識的領域。如《再寄小讀者‧通訊十二》冰心筆下的西藏：

是亞洲也是世界上最大的一個高原，歷來被人們稱為「世

---

[42] 蔣風編《中國現代兒童文學史》，頁八一～八二。

界屋脊」。一座彎彎的像新月形的大山，躺在我國和印度的交界上，這就是喜馬拉雅山，它的最高蜂叫珠穆朗瑪峰，高達八八〇〇多公尺，是世界第一高峰。喜馬拉雅山上終年積雪，在金色的陽光下，襯著青翠的松林，風景是十分美麗的。

它給兒童灌輸了知識，培植兒童學習地理的興趣，而且通過西藏小朋友的想像，啟發兒童的智能，引導他們樹立遠大的理想，探索大自然的奧秘：

假如在世界的屋脊上，能建起全世界最高的天文台，來觀測天象，那有多好！在水源最豐富的大山下，能建起一座大發電站，讓這一片高原大放光明，那有多好！在蘊藏豐富的群山峻嶺之中，深深的往下挖掘，挖出金子，鐵砂，還有煤塊……。

在寫情方面，當我們打開《寄小讀者》，就會感到字裡行間愛的情思不絕如縷，這種「愛的哲學」是對童心的禮讚、母愛的頌揚。冰心非常珍視童心，在《寄小讀者・通訊一》裡即表白自己寫作的初衷：

似曾相識的小朋友們：……我是你們天真隊伍裡的一個落

> 伍者——然而有一件事，是我常常用以自傲的：就是我從前也曾是一個小孩子。為著要保守這一點天真直到我轉入另一世界為止，我懇切的希望你們幫助我，提攜我。我自己也要永遠勉勵著，做你們的一個最熱情最忠實的朋友！

她用女性特有的溫柔、細膩的感情與純潔、天真的兒童作著心聲的交流，告訴他們她在異國的所見所聞；並從兒童的特點出發，寓教於樂，以情感人，從不以兒童教育者的面貌出現，不作空泛的說教或訓誡，而是採用與兒童談心的方式，用親切婉轉的語調，述說自己生活中的見聞和內心的感受，並且敘述得那樣富於趣味，那樣娓娓動聽，那樣情感深厚，因而能牽動兒童的心，使他們在不知不覺中受到作品的啟迪，從中得到教益。

冰心也是一位至誠的母愛謳歌者，她用熾熱的感情和婉轉的語言，虔誠地謳歌母愛、頌揚母愛。在《寄小讀者‧通訊十》裡，她這樣描寫母愛：

> 是不附帶任何條件的。……她的愛，是摒除一切，拂拭一切，層層的麾開我前後左右所蒙罩的，使我成為「今我」的原素，而直接的來愛我的自身！……，普天下母親的愛，或隱或顯或出或沒；不論你用斗量，用尺量，或是用心靈的度量衡來推測；我的母親對於我，你的母親對於你，她的和他的母親對於她和他；她們的愛是一般的長闊

高深，分毫都不差減。

在冰心心目中，母愛是「這樣深濃，這般深摯，開天闢地的愛情呵！願普天下一切有知，都來頌讚！」[43]母愛是建立在人類血緣關係上，母親對子女的天然感情，是普天下一種最真摯、最細膩、最富犧牲精神的至愛，冰心用她真摯細膩的筆墨娓娓道來，不僅感動過萬千讀者的心，如今讀來，依然撩人情思，暖人心房。

因此，在民國初年中國現代兒童文學領域還是一片新開墾的處女地時，冰心的《寄小讀者》就以它獨特的丰姿，吸引著千百萬的小讀者，至今仍廣受重視，歷久不衰。這部享譽文壇的佳作，也奠定了冰心在中國兒童文學史上開拓者的地位。但唯一令人遺憾的是，《寄小讀者》寫到後來，由於冰心長居國外，離開孩子們的生活，逐漸模糊了寫作的對象，而變成了她個人抒情寫意的文字，因此就沒有繼續下去了[44]。直至一九四二年起，冰心才又本著熱愛兒童的心，再次著力於《再寄小讀者》與《三寄小讀者》等通訊體裁的兒童散文作品。

冰心也寫詩，在一九一九年，當時她只是把一些零碎的感想或回憶，三言兩語隨手寫下，後來寫多了，便整理成集，選了起

---

[43] 參見冰心著《寄小讀者·通訊十二》。

[44] 在《冰心全集》自序裡，她曾說：「這時我的注意力，不在小說，而在通訊。因為我覺得用通訊體裁來寫文字，有個對象，情感比較容易著實。同時通訊也最自由，可以在一篇文字中，說許多零碎的有趣的事，結果在美三年中，寫成了二十九封寄小讀者的信。我原來是想用小孩子的口氣，說天真話的，不想越寫越不像！」雖然冰心缺少小孩子的口氣，但是她對兒童的愛，仍洋溢於字句中。

頭兩個字「繁星」作為集名[45]。其中她也一貫地抒寫了「母愛」與對「孩子的愛」，她似乎天生對兒童有一種深沉的愛，她要用她的詩，把她的愛盡情地傾吐出來。以《繁星・三三》與《繁星・三五》為例：

> 母親呵！
> 撇開你的憂愁，
> 容我沉酣在你的懷裡，
> 只有你是我靈魂的安頓。

> 萬千的天使，
> 要起來歌頌小孩子；
> 小孩子！
> 他細小的身軀裡，
> 含著偉大的靈魂。

　　冰心用短短的幾個字句，細膩柔和的文筆，蘊藉而又明快地反映出她對兒童的感情和對母親深摯的愛與依戀。化魯在〈評繁星〉一文中，曾說：

45　參見冰心著《繁星》自序，載於《冰心全集》第一冊，頁二三三。

自從冰心女士在晨報副鑴上發表他的「繁星」後，小詩頗流行一時。除了大白君的著名的「歸夢」，此外在雜誌報章上散見的短詩，差不多全是用這種新創的Style寫成的。使我們的文壇，收穫了無數粒情緒的珍珠，這不能不歸功於「繁星」的作者了。

接著又大力讚揚冰心的「小詩」體，他說：

小詩的長處是在於能捉住一瞬間稍縱即逝的思潮，表現出偶然湧現到意識城的幽微的情緒。我們讀了這些，雖然不能得到驚異，得到魁偉的印象，然能使我們的心靈得到一時間的感通，正如在廣漠無垠的大洋中忽然望見扁舟駛過一般。[46]

一九二一年刊載於《晨報‧副刊》〈可愛的〉，也是抒寫她對兒童深切的愛，下筆是如此的生動可人：

除了宇宙，
最可愛的只有孩子。
和他說話不必思索，

---

[46] 參見《文學旬刊》一九二三年五月第七十三期。

態度不必矜持。

抬起頭來說笑，

低下頭去弄水。

任你深思也好，

微謳也好；

驢背上，

山門下，

偶一回頭望時，

總是活潑潑地，

笑嘻嘻地。

　　冰心的作品建立起她自己個人的獨特風格，特別是她熔鑄了文言文的精華與白話文學的語言，曾被視為「冰心體」[47]而稱譽一時。

---

[47] 乙著〈具有開創性的冰心景象──冰心文學創作七十年學術討論曾側記〉，載於《中國現代文學研究叢刊》一九九一年第一期，頁三〇五～三〇六。文中曾具體的說明何謂「冰心體」：「一、『冰心體』是冰心所獨有的文體，其主要特徵是追求『白話文言化』和『中文西文化』，而『兩化』之中，前者佔據主導地位。一般來說，『白話文言化』並非冰心所獨有，在五四作家中『白』中加『文』的現象極為普遍，而『冰心體』的獨特處往往在於冰心自己的古文中拆兌了不少字，『發明』為新詞，寫成漂亮的白話文，形成一種前所未見的美文。二、『冰心體』不光是語言，它還是風格，『冰心體』的風格主要表現為寫景、哲理、抒情三合一。三、『冰心體』是特定時期的產物，是過渡時期的特殊文體，近期的冰心文學並不屬於『冰心體』。」

第三節　葉聖陶（一八九四～一九八八）

一、葉聖陶的思想背景

　　葉聖陶原名葉紹鈞，筆名有葉匋、聖陶、斯提、桂山、柳山、允倩、湛陶、秉臣、郢生等。一八九四年十月二十八日生於江蘇省蘇州市懸橋巷。父親葉仁伯是地主家的帳房先生，因地主家的帳房有好幾位，他管事不多，薪俸自然也很微薄，而家中又有六、七口人，所以生活非常清苦。母親朱氏，是父親的第二位續弦，但持家有方，待人和藹可親，與親朋晚輩相處甚好。[48]

　　葉聖陶出生那年，父親四十七歲，母親三十歲。晚年得子，高興自不待言，但望子成龍之心也分外殷切。所以葉聖陶三歲起便在家中描紅寫字，六歲時就到富家自設的家塾附讀，一年後，轉到張元仲設立的書塾就讀，並與同住在懸橋巷的顧頡剛同學，由此開始結為終老相知的摯友。由於葉聖陶天資聰穎，勤勉上進，又善記誦，所以私塾老師要他們背誦的《三字經》、《千字文》、《四書》、《詩經》、《易經》等古籍，他都能朗朗上口，應付無虞，因此也奠定他紮實的國學基礎。[49]

　　平常他最喜歡跟父親到茶館裡聽說書，看崑曲。在說書裡

---

[48]　參見劉增人著《山高水長──葉聖陶傳》，頁三～四。
[49]　參見萬嵩著《葉聖陶新論》，頁一～十七。

《三國志》、《水滸傳》、《英烈》等，都不只聽一遍，愛看崑曲，所以受到蘇州民間傳統戲曲的薰陶。[50]

一九〇六年，進入蘇州第一所公立小學就讀，隔年便以優異的成績跳級考入剛剛創辦的蘇州公立中學，也就是草橋中學，與顧頡剛、王伯祥、范煙橋等人同窗。進入中學以後，葉聖陶開始學習英文，並接觸外國文學，不同的語音，提供了不同的思維與生活方式，也提供了寫作的新鮮範本。他對報紙上的小說也非常留意，常從報上抄錄一些優秀的章節，並與顧頡剛、王伯祥等人組織了詩社——「放社」，創辦《學藝日刊》，這不但是葉聖陶發表文字的開始，也是此後幾乎縱貫一生的編輯出版事業的開始。在學校的日子，他也非常關心國事，舉凡《民報》、《民立報》、《民鐸報》等，都是他最熱心的讀物，為先睹為快，常去茶館租報，也因囊中羞澀，且當日報難以訂閱，便訂取價值低廉的過期報，以保存資料；倘在學校便與同學邊讀邊議，辯難切磋。[51]

一九一一年，辛亥革命終於推翻滿清皇朝，葉聖陶振奮之餘，便請老師將他原字「秉臣」改為「聖陶」，因為他認為不能再稱「臣」了，並剪去辮子。當時他也寫了〈革心〉、〈論貴族婦女有革除裝飾奢侈之責〉與〈兒童之觀念〉等文，其中或探討當代思想的變革，或是發抒關於婦女兒童問題的新見解，在在透

---

[50] 同註四十八，頁四～八。
[51] 同註四十八，頁十三～十四。

露出，葉聖陶從舊時代的塾童，迅速地蛻變成新時代的青年。[52]

　　一九一一年，因家貧父老，不僅無法繼續求學，而且必須馬上謀取職業以免凍餒之苦，因此從草橋中學畢業後，即在當地干將坊言子廟蘇州中區第三初等小學做教師，從此開始了長達十數年的粉筆黑板生涯。一九一五年秋，同學郭紹虞介紹他到上海商務印書館附設的尚功學校教國文，並為商務印書館編輯小學國文課本，因此他又開始了幾乎縱貫一生的編輯事業。一九一七年又去用直鎮吳縣縣立第五高等小學任教，他從離開求學生活進入社會，就踏進兒童的大天地，和兒童在一起，他熱愛兒童，熟悉兒童，現實生活促使他為兒童們寫作。葉聖陶之所以從事兒童文學的寫作，創作出許多優秀的童話作品，是和他這段做小學教師的生活經歷分不開的。[53]

　　到用直五高任教，最使他滿意的是這裡有一批志同道合的同事。他和吳賓若、王伯祥等朝夕研究教育的改革，並付諸實踐。先是編寫新的國文課本，每篇選文後面都附有題解、作者傳略及語釋，每隔兩篇，便有一則文話，用講話的體裁，談論文章的寫作與欣賞，內容充實，文筆活潑，寓理於情，深入淺出。他們又親自率領學生揮鋤破土，辦起學校農場，他還節衣縮食，出資在學校開辦閱覽室，把自己收藏的中外名著和《新青年》、《新潮》等刊物陳列出來，供學生閱覽。他們也非常注重語文的吟誦

---

[52] 同註四十九。
[53] 參見張香還著《中國兒童文學史》〈現代部分〉，頁一三〇。

和寫作的功夫,並鼓勵學生投稿練筆。每週並舉辦一次同樂會,每學期有兩次的懇親會,葉聖陶和王伯祥都是編劇兼導演。都德的〈最後一課〉、莫泊桑的〈兩漁夫〉乃至〈荊軻刺秦〉等史事,都曾搬上舞台,既活躍了學校乃至全鎮的文藝氣氛,又鍛鍊了學生的能力,愛國的情感也予以潛移默化。很顯然的,這些改革,都成為葉聖陶後來與眾不同的教育思想體系的萌芽,也是一次最成功最愉快嘗試性的實踐,同時也作為小說創作的素材攝入心腑,後來幻化成〈倪煥之〉等作品的人物和情節。[54]

　　一九一九年五月,北京爆發了五四運動。葉聖陶等五高師生從上海報上看到了北京和各地集會遊行、罷課罷市的情形後,群情激憤。五高的學生當晚去找葉聖陶,只見葉聖陶已在燈下與王伯祥計議喚起民眾的計畫。第二天,五四宣講大會在五高操場召開,葉聖陶精彩的演說,點燃了聽眾的愛國熱情,不但學生受到鼓舞,鎮民也感受到時代氛圍的薰陶。為了擴大宣傳,他們還編印了《直聲》文藝周刊,成為用直最早的文藝刊物。[55]

　　一九二一年,分別任教於上海吳淞中國公學與杭州第一師範學校,並在這年受到茅盾與鄭振鐸的邀請加入文學研究會,成為該會的發起人之一,共同「為人生而藝術」的宗旨而努力。[56]一九二二年,應北京大學校長蔡元培和中文系主任馬裕藻的聘請,

---

[54]　同註四十八,頁二八～三〇。
[55]　同註四十八,頁三六～四〇。
[56]　同註四十八,頁四九～五六。

出任北大預科講師，主講作文，與鄭振鐸及俄國盲詩人愛羅先珂同行，但只待了月餘便因家務之故請假南歸。一九二三年，到商務印書館擔任編輯，又先後於復旦大學、福州協和大學、上海大學任教。由此可知，葉聖陶從一九一二年至一九三〇年之間，他連續做了十幾年教師，從小學教到大學，這種教學經驗是少有的。[57]葉聖陶對中國的教育始終保有熱誠，多年的教學經驗，也使葉聖陶有他自己的教育理念，他曾說：

> 職業的興趣是越到後來越好；這因為後來的幾年中聽到一些外來的教育理論同方法，自家也零星悟到一點，就拿來施行，而同事又是幾個熟朋友的緣故。……自知就所有的一些常識以及好嬉肯動的少年心情，當小學或初中的教員大概還適宜的。……大學教員我是不敢當的；我知道自己怎樣沒有學問，我知道大學教員應該怎樣教他的科目，兩相比並不敢是真情……願以後謹守所志，「直到永遠」。[58]

　　葉聖陶和中國的新教育是有緣的，此後雖則不再把教師作為主要的職業，但所編輯的也大都與教育、教學密切相關，而且他的大部分小說創作，也都以這十幾年的教師生涯為寫作的源泉。

---

[57] 同註四十八，頁四五～四七。
[58] 參見《中國新文學大系・小說一集序》。

二、葉聖陶的兒童文學創作

葉聖陶在五四時期非常重視兒童問題和兒童教育問題。在一九一八年，葉聖陶和王伯祥就曾合寫了〈對於小學作文教授之意見〉一文，提出必須改革兒童讀物的主張。他以為「『不能學』及『不必學』之讀物，亟當摒棄；而選讀古文，自屬不可能之趨勢。」他認為兒童應該跳脫出那些詰屈聱牙、艱澀難懂的古文讀物，並反對成人們不加選擇地把有些書籍隨便充當兒童讀物。一九一九年葉聖陶又先後發表了〈今日中國的小學教育〉、〈小學教育的改造〉等文章，在文章中，他指出辦小學教育的目的，就在於受教育的兒童，「乃在他進而為更高尚的人。這一人的所作所為，是在進化歷程裡頭，便算有價值的人。」他抨擊了一班小學教科書的內容，嚴重脫離現實的兒童生活。編輯者缺乏嚴肅的態度，「都是憑幾位編輯先生高興或不高興的時候隨意雜湊的。」他提倡兒童讀物應該反映人生，讓兒童多多接觸現實生活，「偏生讀書，忘了人生。這是何等惡果！」

一九二一年三月，葉聖陶在《晨報》副刊上發表了〈趕緊創作適於兒童的文藝品〉，在本文中他以自己當小學老師的親身體驗，強調兒童對於文學作品的飢渴需求，「兒童心裡無不有一種濃厚的感情燃燒似地傾露。他們對於文藝、文藝的靈魂——感情——極熱望地要求」；強烈地抨擊傳統舊文學對兒童文學的束縛

與壓抑，致使教師「欲選沒有缺憾」可供兒童閱讀「欣賞的文藝品，竟不可得」。他認為為少年兒童提供新的文藝品，已是刻不容緩的事了，而「創作這等文藝品，一、應當將眼光放遠一程；二、對準兒童內發的感情而為之響應，使益豐富而純美。」接著這年六月，葉聖陶又發表了〈多多為兒童創作〉，再次重申創作兒童文學的重要性，認定要振興中國的兒童文學，必須「改換新路，立定在新的基礎上」。這就是摒棄「陳腐束縛的境遇」對兒童身心的摧殘，創造一個「兒童的一切本能都讓他們自由發展，更幫助他們發展」的環境，為他們提供「新鮮的滋養的食料」。在此之後，葉聖陶就以滿腔的熱情，投入兒童文學的創作行列中。

在五四運動時期，葉聖陶的兒童文學創作，主要是詩歌和童話。

（一）詩歌

從一九二〇年到一九二一年，葉聖陶開始創作以兒童為題材的詩歌，先後寫了〈兒和影子〉、〈拜菩薩〉、〈成功的喜悅〉、〈小魚〉、〈兩個孩子〉和〈損害〉等兒童詩[59]。這些詩歌都來自於兒童的生活，傾注了他對兒童深深的愛，和對兒童未來幸福的期待。

例如〈兒和影子〉是一首充滿兒童生活情趣的詩：

---

[59] 參見《文學旬刊》，一九二一年七月第九期。

兒見學生體操，

回來教他的影子。

他兩臂屈伸，上舉垂下，

更迭不已。

「一，二，三，四

五，六，七，八，

九，十，十一，十二，

十三，十四，十六，十二……」

你可懂了？你可懂了？

影子真懶嘴，

再也不回答，

只兩臂屈伸，

上舉垂下，

更迭不已。

兒總不厭煩，

也不灰心，

更一遍一遍地教，

一遍一遍地問。

在這裡，葉聖陶抒寫了兒童純潔的心靈，兒童天真而又善於模仿、善於學習的一個生動的生活側面。

〈拜菩薩〉也是描寫兒童生活的，寫一個孩子把爹拉來當菩

薩拜，而又「推倒你這個菩薩」。這是一首兒童遊戲詩，但是卻表現了一個嚴肅的主題，這「菩薩」是隱喻那種舊勢力的權威，告訴孩子們不要迷信，要勇於「推倒」這個「菩薩」。

同時，葉聖陶還寫了一首〈成功的喜悅〉，詩歌敘述了孩子爬上凳子，力量不濟，但是年老的祖母把他抱著坐上凳子，徒使他啼聲大作。在這裡，葉聖陶提倡的是：

> 要發展你獨創的天才？
> 要鍛鍊你奮發的潛力？
> 要期求你意志的自由？
> 要受你成功的喜悅？

鄭振鐸主編的《兒童世界》創刊後，葉聖陶也經常有詩歌的發表，其中〈白〉是由他填詞，許地山譜曲。在這一首詩歌中，葉聖陶更注意兒童語言的運用，兒童形象的刻畫，這也是一首富於兒童情趣的作品。

> 一
> 白母雞呀！歸來吧！你的小雞在這裡，他要吃奶呢，
> 他要抱抱呢，白母雞呀，歸來吧！

二

白月季呀開開吧！你的姊姊在這裡，她要上街呢，

她要插帶呢，白月季呀，開開吧！

三

白雲兒呀，下來吧！你的寶寶在這裡，他要騎你呢，

他要上天呢，白雲兒呀，下來吧！

　　從這些兒童詩歌裡，可以看到葉聖陶洋溢著對新一代的關切。這也是五四時期，葉聖陶對魯迅「救救孩子」的呼聲熱情且有力的反應。

（二）童話

　　一九二一年冬天，鄭振鐸寫信給葉聖陶，希望他為《兒童世界》寫一點童話。後來葉聖陶回憶說：

> 我的第一本童話集《稻草人》的第一篇〈小白船〉寫於一九二一年十一月十五日，我寫童話就是從這一天開始的。接著在十六日、十七日寫了〈傻子〉和〈燕子〉；隔了兩天，在二十日又寫了〈一粒種子〉。不到一星期寫了四篇童話，我自己也不敢相信了。這種情形不止一次，那一年十二月二十五日到三十日，也是六天，寫了〈地球〉〈芳

兒的夢〉〈新的表〉〈梧桐子〉〈大喉嚨〉，一共五篇。
一九二一年冬季，正是我和朱佩弦（自清）先生杭州浙江
第一師範日夕相處的日子，兩個人在一間臥室裡休息，在
一間休憩室裡備課，閒談，改本子，寫東西。可能因為興
致高，下筆就快些。[60]

　　在這短短的一年時間裡，葉聖陶共寫了二十三篇童話，題名
為《稻草人》在一九二三年十一月結集出版，並列入《文學研究
會叢書》。他還說過：

　　我寫童話，當然是受了西方的影響。五四前後，格林、安
　　徒生、王爾德的童話陸續介紹過來。我是個小學教員，對
　　這種適宜給兒童閱讀的文學形式當然會注意，於是有了自
　　己來試一試的想頭。還有個促使我試一試的人，就是鄭振
　　鐸先生，他主編《兒童世界》，要我供給稿子。《兒童世
　　界》每個星期出一期，他拉稿拉得勤，我也就寫得勤了。[61]

　　雖然受了西方童話的影響，但是葉聖陶所描寫的童話人物卻
完全脫離了王子公主、仙巫精怪的窠臼，全部是嶄新的，內容是
中國常見的人事物。葉聖陶用精湛的童話藝術，將帶有中華民族

---

[60] 葉聖陶撰〈我和兒童文學〉載於《我和兒童文學》，頁三～十。
[61] 同上。

和鄉土色彩的尋常人物，變成童話裡的人物和環境，這的確是一種嶄新的創造。

　　葉聖陶從事兒童文學創作，是從熱愛兒童、關心兒童教育的基礎出發的。正因如此，在早期的童話創作中，他竭力勾畫出「一個美麗的人生，一個兒童的天真的國土」[62]，以保護小讀者純潔的心靈，使之不受損害。在他的第一篇童話〈小白船〉的開頭，就把讀者引入一個美妙的和平境界，他著力於描寫那種境界，即「一條小溪是各種可愛東西的家。小紅花站在那裡，只是微笑，有時做很好看的舞蹈。綠草上滴了露珠，好像仙人的衣服，耀人眼睛。……」他描寫了兩個可愛的孩子乘著白色的船，被大風迷失在河流下游一個無人的曠野上，遇上了一個面貌醜惡，身子高大的男人，他同意把他們送回去，但要回答三個問題。第一個問題是：「鳥為什麼要唱歌？」孩子們的回答是：「要唱給愛他們的聽。」第二個問題是：「花為什麼芳香？」回答是：「芳香就是善，花是善的符號。」第三個問題是：「為什麼小白船是你們所乘的？」回答是：「因為我們純潔，惟有小白船合配裝載。」那人大笑，就送他們回去了。在這篇童話中，葉聖陶的筆下充滿了「愛」、「善」和「純潔」的境界。在同時期的其他幾篇童話作品中，如〈燕子〉、〈芳兒的夢〉、〈新的表〉和〈梧桐子〉，葉聖陶都不同程度地努力想表現這種思想，

---

[62]　鄭振鐸撰〈《稻草人》序〉載於《中國現代兒童文學文論選》，頁七一九。

他似乎使新的一代看到人生是無限美麗的，儘量不使他們接觸人生醜惡的一面。

但是這種和平歡樂的境界，在當時現實生活中是不可能出現的。主張「為人生而藝術」的葉聖陶，猶如鄭振鐸所說的那樣，很快意識到「在成人的灰色的雲霧裡，想重現兒童的天真，寫兒童的超越一切的心理，幾乎是不可能的企圖」[63]。同時，他也領悟到與其以臆想的美去陶冶兒童，倒不如為他們展露人生的不平來得有意義。

於是，葉聖陶把筆鋒一轉，從幻想的國度轉向現實的社會，希望引起孩子們對現實生活的興趣，並關心周遭所發生的事。寫於一九二二年的〈畫眉〉披露了「不幸的東西填滿了世界，都市裡有，山林裡有，小屋子裡有，高樓大廈裡有，……。」〈鯉魚遇險〉則通過一條鯉魚的經歷，否定了過去人生美麗的想法，他說「不錯，我們這條河現在變了。不然，我們好好地歡迎客人，怎麼客人打劫了我們的同伴呢？從這條河的會變來看，說不定別處地方先變了，世界先變了。我們造什麼孽，恰逢到這可怕的時代！……我們起先讚美世界，說他滿載著真的快樂。現在懂了，他實在包含著悲哀和痛苦，我們應該詛咒啊！」像這一類作品還有〈玫瑰和金魚〉、〈花園之外〉、〈瞎子和聾子〉、〈稻草人〉等，而把「應該詛咒」的世界揭露得十分具體，且最有影響

---

[63] 同上。

力的當是葉聖陶的代表作——〈稻草人〉。

　　在〈稻草人〉這篇童話故事裡，葉聖陶精心地描繪了三個典型事件。第一件是寫稻草人的主人，一個可憐老婦人的悲苦遭遇。十多年來，她亡夫喪子，哭壞了眼睛，急出了心疼病。她以衰弱的體力堅持下田工作，苦熬苦積總算還清了親人的埋葬費用。接著，又連遭兩年水災。這一年，剛盼來的豐收景象，不幸又起了蟲害。「她急得跺腳，捶胸，放聲大哭」。此後，她的悲愁與饑饉都是可想而知的。第二件是寫一個極度疲慮的漁婦，為了「明天的粥」不得不拋下艙中病重的孩子，冒著寒冷的深夜去捕魚；只捕到一條魚，但孩子的病卻明顯加重了。這一家人的生活前景也是不言而喻的。第三件，寫的是一個走投無路的婦女，不甘心被丈夫隨意賣掉，而悲憤地投河自盡。葉聖陶透過這類令人慘不忍睹的淒慘事件，來控訴被束縛的社會大眾。

　　葉聖陶《稻草人》的童話藝術，可歸納為以下六點：

（一）濃鬱的詩情

　　自然景物描寫是表達詩情的主要手段，因為美好景物的描寫往往與作品主角的思想感情交融在一起。尤其在早期的葉聖陶童話正滿懷「美」的理想，所以有不少童話都用極大篇幅來描寫景物以表情達意。如〈小白船〉，寫一條小溪是各種可愛東西的家：

　　　　小紅花站在那裡，只是微笑，有時做很好看的舞蹈。綠草
　　　　上滴了露珠，好像仙人的衣服，耀人眼睛。溪面鋪著萍

葉，蠹起些桂黃的苹花……。小魚兒成群來往，針一般地微細，獨有兩顆眼珠大而發光。

這些從溪邊、溪面到溪中的描寫，與兩個小天使的天真、歡樂交融在一起。再如〈梧桐子〉，葉聖陶用濃墨來渲染梧桐子的快樂心情：

他們穿了碧綠的新衣，一齊站在窗沿上遊戲。四面張著綠綢的幕；風來時，綠綢的幕飄飄地吹動，……從幕的縫裡，他們可以看見深藍的天，天空的飛鳥，仙人的衣服似的白雲；晚上可以看見永久笑嘻嘻的月亮，美眼流轉的星星，玉橋一般的銀河，提燈遊行的螢蟲。他們看得高興，就提起小喉嚨唱歌。那時候隔壁的柿子也唱了，下面的秋海棠也唱了，階下的蟋蟀也唱了。

這種充滿詩味的描寫，鄭振鐸評它為「完美而細膩」，「非一般粗淺而誇大的作家所能想望」，全集中幾乎沒有一篇不是成功之作」[64]。

（二）豐富的想像

葉聖陶用兒童的眼光和幻想力，將生物、無生物幻化成多

---

[64] 同註六十二。

樣的藝術形象，或光怪陸離，或絢麗多彩，而且充滿了詩情。有的沉鬱，如〈稻草人〉、〈快樂的人〉等；有的輕鬆，如〈祥哥的胡琴〉、〈梧桐子〉等。在〈祥哥的胡琴〉中，祥哥一開始學琴，拉出了難聽的鋸木聲，後來得到大自然的幫助，成為田野的音樂家。那清澈的泉水，輕柔的風，伶俐的鳥，神靈一般地教他拉胡琴，他的琴聲與泉水聲、風聲、鳥聲相應和，相融和，直到拉出奇妙的曲調。這類童話，展開了美妙的幻想世界，創造了多樣的音響，塗抹出繽紛的色彩，想像神奇，詩味雋永。在葉聖陶的筆下，無論是天上的飛鳥，水裡的游魚，地上的走獸，甚至桑陌上的花草、樹木，還有無生命的稻草人、石像、書籍以至汽車、火車頭等，全都賦予了人的性格[65]。這種擬人的手法完全是為了迎合兒童的情趣，符合兒童的想像世界，使他們感到真實而可信，有趣而有味，在不知不覺中受到作品思想的陶冶。

（三）善用排筆

在〈祥哥的胡琴〉中，排筆的語言增添了琴聲的韻味：

> 小小的破屋裡時時有胡琴聲透出來，繁星滿天的夏夜，輕風吹來的秋晚，農夫忙作的當兒，白雪蓋地的時候，遠近的村落都可以聽到。於是泉水們錚錚琮琮地，風兒們低低徐徐地，鳥兒們嬌嬌婉婉地和著唱了，田野就成了一個大

---

[65] 同註五十三，頁一三八～一三九。

音樂院。……倦乏的農民精神恢復了，困頓的磨工神思清爽了，火灼皮膚的小鐵匠忘了熱痛，死掉兒子的老母解了悲哀。

一排排字數相等、結構相同、意義相關、語氣一致的句子，從各個側面寫出了本來難以形容的胡琴聲，這類排筆墨酣筆暢，層次遞進，節奏鮮明，音律鏗鏘，氣勢貫通，詩意激蕩，感人肺腑，引人稱賞。

（四）間隔重複

文學語言若講究精煉，則切忌重複，但精心設計的重複，卻不使人感到繁瑣蕪雜，反而使想像力表達得更深切，感情抒發得更強烈，使形象更鮮明，因而更令人尋味。葉聖陶在童話創作中，經常有意使用「間隔重複」。例如〈一粒種子〉，「把種子從泥裡挖出來，還是從前的樣子，同核桃這般大，綠色的外皮非常可愛」，反覆兩次，這就強調了種子的奇異、可愛，庸俗卑劣之徒自然是種不活的。還有，「這是死的種子，醜陋的種子，惡臭的種子」出現四次，這絕非單調的重複，而是串連全篇、推動情節的過程中，突出種子遭受國王、富翁、商人、軍士切齒詛咒的情景；後來，在農夫細心的栽培下，種子抽綠莖，開紅花，吐濃香，形象倍加生動，印象更為深刻。[66]

---

[66] 同註五十九，頁一五二～一六二。

（五）結合趣味性與思想性

　　童話並非如實地描摹生活的本來面貌，而是透過兒童的想像、趣味地表達出作者的寓意，所以它實際上是根植於現實生活的土壤，因而能體現深刻的思想意義，展現生活的本質規律。如〈芳兒的夢〉，寫芳兒和月亮姊姊一起來到星群裡，拾取百顆星星，做成一個光彩奪目的星環，把它作為禮物來慶賀母親的生日。

　　在優美的幻想中，深刻地表現出兒童對於母親「比海還深」的愛，故事的趣味性不僅加深了童話神奇色調的濃度，而且造成了作品童趣盎然的氣氛，使小讀者從中獲得作品思想的薰陶。[67]

（六）濃厚的中國鄉土色彩

　　葉聖陶開始從事童話創作時，自己說過是借鑒西洋童話，他是受到安徒生、王爾德、格林兄弟童話的影響才「有了自己來試一試的想頭」[68]。但葉聖陶的童話作品，並不模仿和承襲外國的兒童文學，而是經過消化吸收後的產物，有著濃鬱鮮明的中國色彩，完全是中國化的童話。如〈畫眉〉中描繪畫眉初出鳥籠所看見的情景：

> 「深藍的天空，飄著小白帆似的雲。蔥綠的柳梢搖搖擺擺，不知誰家的院裡，杏花開得像一團火。往遠處看，山腰圍著淡淡的煙……。」畫眉「越看越高興」才索性「飛

---

[67] 同上。

[68] 同註六〇。

起來」，「它飛過綠的草原，飛過蓋滿黃沙的曠野，飛過
波浪拍天的長江，飛過濁流滾滾的黃河。」

　　這段精美的文字，以鮮明的色彩描繪了中國富有特徵性的風
光景致，整齊的排筆更突出了江河的壯麗，深具中國地域的特色。
　　《稻草人》的出現，在中國兒童文學發展史上特別是童話發
展史上有著相當重要的意義。正如魯迅所說，《稻草人》「給中
國的童話開了一條自己創作的路。」這不能不說是葉聖陶對中國
兒童文學的一個貢獻。

第四節　鄭振鐸（一八九八～一九五八）

一、鄭振鐸的思想背景

　　鄭振鐸一八九八年十二月十九日出生於浙江省永嘉縣（即溫
州），原籍是福建省長樂縣。約一八九五年，因他祖父跟隨溫州
當道台的表親當幕友，他們家便從福州遷到溫州。祖父在衙門內
做文書之類的工作，後曾被委派為銅山島的海防小官。鄭振鐸出
生那年，正是中國近代史上著名的戊戌變法發動與慘敗的那年，
中國正面臨著被列強瓜分的時代。[69]

---

[69]　參見陳福康著《鄭振鐸傳》，頁七。

由於鄭振鐸的父親和祖父在他童年時即相繼去世，現在人們（包括他的家屬）竟連他們的名字也不知道，更不知他們確切的生卒年月了[70]，只知他的母親叫郭寶娟。祖父共生有二男三女。長男即鄭振鐸的父親，長女後嫁給福州陳家，其父在雲南大理府任知府。二男即鄭振鐸的三叔，這是他家父輩中唯一留下名字的一位，叫鄭慶豫，字蓮蕃，早年曾赴西班牙留學，歸國後在北京外交部任簽事等職，二女後嫁福州李家。三女生下不久即送給人家當養女。從長女的婚配和二男的留洋來看，早先他們家應是頗富裕的，但不知什麼原因，家道中落，竟至將小女兒也送人了。[71]

　　鄭振鐸出生時，祖父為長孫取了個小名，叫木官。那是因為算命先生根據他的八字算下來五行缺木。但是，祖父為他正式取名為振鐸，則是有寓意的。「鐸」是古代的一種大鈴，「振鐸」即是搖鈴發出號召的意思。鄭振鐸又字警民（一作鐸民），與名相應，都有喚醒民眾的積極意思。而後來用的筆名西諦，則是「振鐸」二字英文縮寫「C.T」的譯音[72]，另有用郭源新、谷遠、陳敬夫⋯⋯等筆名[73]。出生於戊戌變法那一年，長大後又曾從家裡看到過《黃帝魂》、《新民叢報》等書刊，因此我們約略

---

[70]　參見鄭爾康撰〈鄭振鐸和他的作品〉，載於《鄭振鐸》，頁二六六。

[71]　同註六十九，頁八～九。

[72]　據鄭爾康撰〈鄭振鐸和他的作品〉一文，則以為C.T是振與鐸二字的英文縮寫，本文載於《鄭振鐸》，頁二六六。

[73]　參見陳福康撰〈鄭振鐸筆名、別名輯錄箋注〉，載於《新文學史料》一九八六年第一期，頁二一四～二一七頁。

可以看出他的祖父也是一位關心國家民族的人士。[74]

　　鄭振鐸出生的家庭與魯迅家有點相似，都從小失怙，也都是從小康中落的類型。在鄭振鐸十一、二歲時父親病逝，十七、八歲時，祖父也鬱鬱而亡了，家庭生活陷於困頓之中。母親只能靠幫人縫縫洗洗過日，有時候還得做些小玩具出外兜售，來維持生活。鄭振鐸還像魯迅一樣，小時候曾寄居鄉下的親戚家中，感受過農民們辛勤勞苦的生活。幸好鄭振鐸的三叔這時已留學歸國，在外交部當個小京官，有時寄點錢來幫助寡母及寡嫂的生活。母親含辛茹苦地撫育他和兩個妹妹，對他的期望極深，因此他也很能刻苦用功。[75]

　　鄭振鐸最初是在縣城隍潭一家私塾裡讀書。不久，轉入三官殿巷的永嘉高等小學。小學的校長兼教師的黃筱泉，是一位勤勤懇懇、任勞任怨地教書育人的老師，他的兒子炎甫也是鄭振鐸的同學。黃筱泉老師原是科舉出身，但卻不是冬烘先生，他非常重視新知識，並更新自己的教育方式，希望給學生新鮮的材料。他也教他們《左傳》，但卻能用新方法，使鄭振鐸對這部艱深的古籍感到興趣。而且黃筱泉老師從不把學生看作無知的小孩，而是像對待自己兒子一樣把他們當作小朋友，出之以至誠，發之於心坎。以至於二十年後，鄭振鐸還在〈記黃筱泉先生〉一文中回憶起這些往事，他說：「我永遠不能忘記了黃筱泉先生。他是那樣

---

[74]　同註六十九。
[75]　同註七十。

的和藹，忠厚，熱心，善誘。……我第一次有了一位不可怕而可愛的老師。這對於我愛讀書的癖性的養成是很有關係的。……假如我對於文章有什麼一得之見的話，筱泉先生便是我真正的『啟蒙先生』真正的指導者。」[76]

　　大概是為了省一點學費，或是為了今後能早一點找一份工作以幫助家裡，他在一九一一年考取了第一屆招生的溫州府官立中等農業學堂。但該校缺乏必要的師資及設備，教師上課又不得法，學生們反映學了一年沒有收穫。因此部分學生自動轉學，鄭振鐸於一九一三年轉入浙江第十中學校。但此時家裡的經濟情況更加窘迫了，有好幾次因交不起學費，校方竟不准他參加考試。但這時他已愛書如命，但無錢買書，只好到當時最要好的同學陳召南家借書，陳召南的父親陳壽宸原是清末舉人，博學多才，家中藏書豐富，當時辭官居家，課徒為生，辛亥革命後應聘為他們學校的國文老師。因此，鄭振鐸與陳家父子為師友之交，特別接近，每當放學或假日，便常到陳家借書看。每當借到一本好書，常常作詳細的筆記，有時甚至整本抄錄下來。鄭振鐸念中學時喜歡看歷史書籍，但他更愛讀文學作品，並開始注意研究古代文學理論；他曾向同學借了一部《文心雕龍》，在暑假裡抄了一遍，還有一部卷帙頗為浩瀚的《古今文綜》，他當時也作過大量抄錄，可見其求學的刻苦情狀；在少年時，他也懷著好奇心偷看家

---

[76]　同註六十九，頁十四～二五。

中祖父購藏的《黃帝魂》、《浙江潮》、《新民叢報》等宣傳革命的書刊，上中學時陳老師家裡所藏的幾本梁啟超的書，他都曾仔細閱讀過，他又連續讀到胡適的〈文學改良芻議〉、陳獨秀的〈文學革命論〉等文，更覺得新鮮、興奮和心折。[77]

　　一九一七年中學畢業，鄭振鐸想立刻找一份工作，以減輕母親的負擔；當然他也很想繼續上學，求取更多的知識。而母親則寧願自己咬緊牙根再多吃幾年苦，讓兒子繼續讀書上進。祖母及母親便叫鄭振鐸到北京找他的三叔鄭慶豫。而這時三叔已在北京外交部任職，他就住在叔父家。因為當時文科學校費用都很昂貴，讀完大學需花掉一筆相當可觀的錢，所以叔父便主張他報考鐵路管理學校，因為這所學校不僅學費低，而且畢業後的職業又有保障，被人稱為「鐵飯碗」。所以讀農業中學的他，又考回工科大學了。然而叔叔和嬸嬸對這位窮侄兒的態度似乎並不很好，所以他過的是很艱苦的寄居生活，甚至到了冬天，他只有外面一件棉袍，裡面穿的仍是夏天的布掛衫。[78]

　　一九一八年初，如願地考上北京鐵路管理學校。課餘時，鄭振鐸常去北京基督教青年會圖書館讀書，並在那裡結識了俄文專館的學生瞿秋白和耿濟之等人，同時對俄文發生了極大的興趣，貪婪地讀著英文版的屠格涅夫、契訶夫、托爾斯泰、高爾基等人的著作，並嘗試翻譯外文作品。差不多同時，他又在《新青年》

---

[77] 同上。

[78] 參見陳福康著《一代才華——鄭振鐸》，頁十七～二九。

雜誌上讀了魯迅的第一篇白話小說〈狂人日記〉，內心受到更大的震撼；魯迅巧妙地通過狂人的瘋話，用象徵、隱喻的手法，一語雙關地寄寓了他的深意，使鄭振鐸想跟著大喊「救救孩子！」他要加入到踹翻那四千年「吃人」的「陳年流水簿子」的戰士的隊伍中去！他同時也被魯迅的白話新文學作品的藝術魅力深深吸引。[79]

　　一九一九年五四運動爆發，他也參加了當時的「北京中等以上學校學生聯合會」，成為鐵路管理學校的學生代表和福建學生聯合會領導人之一，並積極參與宣言的發表與援救被捕同學等活動的討論會，並與友人陸續創辦《新學報》、《新社會》、《人道》月刊等鼓吹新文化的刊物。[80]

　　一九二一年一月，鄭振鐸和茅盾、葉聖陶等十二人發起成立了中國新文學運動的第一個文學團體──文學研究會，提倡「為人生而藝術」的現實主義文學。當時另外兩位主要發起人茅盾與葉聖陶在南方，鄭振鐸負責南北聯絡的工作，使文學研究會得以順利成立；並負責創辦文學研究會的會刊──《文學旬刊》。這年三月鄭振鐸便由鐵路管理學校畢業，被分派到上海火車站當練習生。不久，經茅盾介紹到商務印書館擔任編輯的工作，而放棄了人人欽羨的鐵路局的工作，正式開始了他的文學事業。[81]

---

[79] 同上。
[80] 同上。
[81] 同註六十九，頁一二〇～一二一。

二、鄭振鐸的兒童文學編輯工作

鄭振鐸對兒童文學的貢獻是多方面的，不僅用筆寫作，而且更用手和嘴來編輯兒童刊物，組織作者和發掘新人，在理論的實踐上均有重要開拓性的貢獻。以下就三方面略述之：

（一）編輯組稿方面

一九二一年五月，鄭振鐸由茅盾介紹到商務印書館當編輯，當時編譯所所長高夢旦先生安排他編小學教科書，但當時所謂「編」只是將以前的文言課本改為白話而已。他編了一段時間後覺得不妥，他認為，就像整個文化界、文學界需要一場啟蒙運動一樣，在兒童教育領域也必須進行一場改革。以前的兒童教育是注入式的，只是把種種知識裝入兒童的頭腦裡，就以為可以了。現在已有一些人雖然知道那樣是不對的，雖然也想盡力地啟發兒童的興趣，但小學教育仍然不能十分吸引兒童。這種教育仍舊是被動的，而非主動的。刻板正經的教科書，就是當時兒童的唯一讀物，兒童自發地喜愛的讀物幾乎一本也沒有。即使當時商務印書館有《少年雜誌》，中華書局也有《中華童子軍》等兒童雜誌，但文字古舊，內容駁雜，毫無文學性，而其思想性則常常更糟糕。因此，鄭振鐸便向高夢旦提議讓他來嘗試編一本能吸引孩子們的全新的兒童刊物，以彌補兒童教育中的這一重大缺憾。高

夢旦覺得這一提議有理有據，經過慎重考慮，便同意他的計畫，鄭振鐸將這刊物定名為《兒童世界》。[82]

　　一九二一年七月，並兼任《時事新報》副刊《學燈》的主編，在《學燈》上新闢「兒童文學」專欄，主要發表文學研究會會員的有關翻譯作品。這是中國現代報刊史上第一個兒童文學專欄，同時也是他為將來創辦《兒童世界》先作的嘗試。九月二十二日，他起草了〈兒童世界宣言〉，十二月發表於《時事新報》、《晨報》、《婦女雜誌》等南北各大報刊上，這篇文章可以看作是中國現代兒童文學即將正式誕生的宣言[83]。宣言中曾以美國麥克林東的三個宗旨作為辦刊的指導方針，那就是：

　　　　（一）使它適宜於兒童的地方的及其本能的興趣及愛好；
　　　　（二）養成並且指導這種興趣及愛好；
　　　　（三）喚起兒童已失的興趣與愛好。

　　《兒童世界》周刊直到一九二二年一月正式問世，內容分為十類，即插圖、歌譜、詩歌童謠、故事、童話、戲劇、寓言、小說、格言、滑稽畫，其他還有雜載、通信等，所以該刊實際上就是中國最早的真正的兒童文學專刊。在鄭振鐸的大力鼓動下，葉聖陶、趙景深、顧頡剛等一批文學研究會會員都紛紛為該刊寫

---

[82]　參見王泉根著《現代兒童文學的先驅》，頁一三九～一四四。
[83]　同上。

稿，如顧頡剛的〈兒歌〉：「排排坐，吃果果，爹爹轉來割耳朵。稱稱看，兩斤半；燒燒看，兩大碗。吃一碗，剩一碗，門角落裡齋羅漢。羅漢弗吃葷，豆腐麵筋囫圇吞。」尤其是葉聖陶在他的催促下，越寫越多，越寫越好，後來結集為《稻草人》一書，被魯迅譽為「給中國的童話開了一條自己創作的路。」鄭振鐸自己也創作了一些童話、圖畫故事書和兒童詩等，更改寫、引進了很多外國兒童文學作品，如歐洲古代的《伊索寓言》，歐洲中世紀的《列那狐的故事》，日本民間故事《竹取物語》，印度、阿拉伯、奧地利、高加索等地的民間故事，以及丹麥安徒生、英國王爾德寫的童話等。《兒童世界》的問世，澈底改變了中國兒童刊物的面貌，一掃過去兒童刊物「成人化」的弊端，以嶄新的內容、濃鬱的兒童化與文學性、生動活潑的形式，受到廣大小讀者的歡迎，甚至遠銷到日本、新加坡、香港、澳門等地，達到兒童刊物從未有的繁榮局面。[84]

　　一九二三年一月，鄭振鐸繼茅盾接辦文學研究會主持的《小說月報》。他在原有宣傳新文學的既定方針下，刊登了不少中外兒童文學的優秀作品，陸續發表了魯迅譯俄國愛羅先珂〈紅的花〉，張曉天譯日本小川未明〈蜘蛛與草花〉、〈懶惰老人的來世〉，張若谷譯〈拉風歹納寓言〉和顧均正譯安徒生〈拇指林娜〉、〈蝴蝶〉等外國兒童文學作品。《小說月報》出版於上

---

[84] 同上。

海，歷史悠久，萃中國之名家，匯天下之大作，在當時已是聲騰海內的文學權威刊物，而竟如此關切兒童文學，在當時乃一創舉，其獨特眼光更是他類雜誌所望塵莫及的。從十七卷起更開闢《兒童文學》專號，每期刊登童話數篇，除鄭振鐸本人外，還有葉聖陶的〈牧羊兒〉、徐志摩的〈小賭婆兒的大話〉、嚴既澄的〈春天的歸去〉、〈燈蛾的勝利〉，敬隱漁的〈皇太子〉以及鄭振鐸的夫人高君箴的外國童話譯述，此後還連載了徐調孚翻譯的世界童話名著《木偶的奇遇》和由紹興民間傳說改變為童話徐蔚南譯的《蛇郎》。為了幫助人們認識世界童話史，對它的演變有一個較為清楚的了解，《小說月報》連續發表了顧均正編譯的《世界童話名著介紹》，提綱挈領地介紹了英國吉卜林的《莽叢集》、巴萊的話劇《彼德斑恩》、美國斯托克頓《冬天的故事》和挪威民間故事等。這對開擴讀者眼界，啟發作者思路，不無裨益。[85]

　　一九二七年，鄭振鐸在《小說月報》開始發表他編纂的《文學大綱》巨著，對兒童文學，特別是童話在世界文學中的地位，作了適當的評價。此時，他雖然把主要精力放在文學創作、圖書版本等研究方面，但還是不脫當年對兒童文學的愛好，繼續對安徒生、格林兄弟的童話，法國拉芳登、俄國克雷洛夫的寓言，斯威夫特的《格列佛遊記》，史蒂文生的《金銀島》等名著，作了詳細的論述。

---

[85]　同註八十二，頁一四四～一四七。

嚴格而言鄭振鐸專職從事兒童文學工作的時間僅一年餘[86]，但就在這關鍵的一年裡，在他積極地參與與提倡和有計劃的組織下，中國兒童文學運動終於正式展開。

（二）譯述方面

　　鄭振鐸從事兒童文學工作，可以從五四運動前後，他翻譯印度著名詩人泰戈爾《新月集》中的〈兒歌〉開始算起。泰戈爾是聞名世界的印度作家，東方第一個諾貝爾文學獎的得主，也是印度對中國影響最大的文學家。尤其是他的詩歌，在中國獲得廣大讀者的歡迎。鄭振鐸從事泰戈爾詩的翻譯工作，主要是在二十年代初期，因為許地山的介紹讀了泰戈爾《新月集》的英譯本，從此對泰戈爾的詩歌發生了濃厚的興趣；之後，又在許地山的鼓勵下，開始翻譯這些詩。鄭振鐸更把《新月集》與丹麥著名兒童文學家安徒生的作品相提並論，在〈《新月集》譯者自序〉一文中曾說：「我喜歡《新月集》，如我之喜歡安徒生的童話。……《新月集》也具有這種不可測的魔力。它把我們從懷疑貪望的成人的世界，帶到秀嫩天真的兒童的新月之國裡去。」雖然，鄭振鐸認為從嚴格的意義上來說，《新月集》還不是真正的兒童文學，他說：「泰戈爾之寫這些詩，卻決非為兒童而作的。他並不是一部寫給兒童讀的詩歌集，乃是一部敘述兒童心理、兒童生活

---

[86] 從一九二二年一月主編《兒童世界》算起，至一九二三年一月接辦茅盾主編的《小說月報》為止，約一年有餘。

的最好的詩歌集。」但通過《新月集》的翻譯，無疑增強了鄭振鐸對兒童文學的興趣，並促使他更進一步為發展中國的兒童文學事業而努力。

而鄭振鐸對外國兒童文學的譯述方法也有不少獨特的見解，在〈兒童世界宣言〉中他說：「我們以為童話為求於兒童的易於閱讀，不妨用重述的方法來移植世界重要的作品到我們中國來。」譯述是比意譯還要通俗口語化，除了中心思想不作任何改變外，形式、次序、情節過程包括人物增減都大有變化。譯述，實際上已是一種新的創作，譯述者不僅要通曉所譯文字的內容，熟悉所譯的語言習慣，還得耗費多倍的辛勞，改寫為適合中國兒童閱讀的好作品，做到「合鄉土的興趣」。

鄭振鐸譯述的兒童文學作品，有根據外國童話、故事所譯述、改寫的，如他與夫人高君箴合譯的《天鵝》中的一部分作品；有直接翻譯的外國寓言、故事，如《萊森寓言》、《列那狐的歷史》、《印度寓言》、《高加索民間故事》、《英國的神話故事》等書。其中《列那狐的歷史》譯作的影響最大，它本來是法國的長篇動物故事敘事詩，向來被視為傳統兒童文學讀物。一九二二年，鄭振鐸曾就其中片斷改寫為《狐與狼》，一九二五年，又根據歌德的改寫本，將它全部譯成中文，深受當時讀者的歡迎。鄭振鐸認為《列那狐的歷史》是：「一部偉大的極有趣的禽獸史詩」，「又是一部最可愛的童話」，此書「最可愛最特異的一點，便是善於描寫禽獸的行動及性格，使之如真的一般」。

讀者「都可為她所描寫的逼真的禽獸國的情景與書中主人翁列那的絕世聰明所感動」[87]。《列那狐的歷史》將動物世界完全擬人化，維妙維肖地刻畫眾多動物的性格，最成功的是塑造一個慣於撒謊且詭計多端的狐狸列那。這部書對中國兒童文學深刻的影響正在於此，由於受到狐狸列那的影響，從此狐狸在中國童話創作中便成為一個特定的反面角色。《列那狐的歷史》所加以擬人化的其他動物類型，也直接影響到中國現代童話創作中的動物形象與性格特徵，如熊的愚笨、狼的兇狠、獅的狂妄、兔羊雞的善良懦弱等。[88]

鄭振鐸也有根據中國古代寓言或其他故事改寫、節述的作品；也有他自己創作的兒歌、歌詞與圖畫故事書的文字部分和兒童遊戲的文字說明等，鄭振鐸的兒童文學作品數量是相當豐富的。

（三）理論倡導

兒童文學理論，早皆有之，鄭振鐸以自己的工作經驗，正確地提出了它的對象、方法和目標；他立足於「救救孩子」，正視現實的世界，希望通過下一代的教育，使社會變得更美好，從貧困、愚昧中擺脫出來。

---

[87] 鄭振鐸著〈《列那狐的歷史》譯序〉，載於《鄭振鐸與兒童文學》，頁十五～十六。

[88] 參見王泉根著《現代兒童文學的先驅》，頁一二六～一三七。

鄭振鐸在編輯和寫作過程中，認為兒童文學作品要有濃厚的趣味性，這是兒童能否樂意接受的先決條件；如果給兒童看的作品，不能引起他們任何興味，那麼便失去兒童文學寫作的意義[89]。在〈兒童世界宣言〉中，鄭振鐸曾以美國麥克林東的三個宗旨作為辦刊的指導方針；剛開始，《兒童世界》多刊載連篇累牘的童話，包括圖畫故事〈兩個小猴子冒險記〉，這也是一篇純求趣味的長篇，顯得很單調，且沒有刊物特色。兩個月後，他小結了工作，認為單純的求趣味是不可取的，應該是「知識的涵養與『趣味』的涵養是同樣的重要的，所以我們應他們的需要，用有趣的敘述方法來敘述關於這種知識方面的材料。」[90]

　　而鄭振鐸有鑑於當時的兒童讀物文字古舊，內容駁雜，難以分辨屬於何種年齡層閱讀，為此他特別強調兒童刊物的對象必須是兒童。他說：「把成人的『讀物』全盤的餵給了兒童，那是不合理的；即把它們『縮小』了給兒童，也還是不合理的」他並再次重申周作人的說法，「我們應該明白兒童並不是『縮小』的成人。」[91]他盡力避免歐化的彆扭文字，即使有些名著為了保持其完美、準確，而採用直譯法，也務必使兒童讀來不費力氣。他又說：「不能把野蠻時代的『成人』的出產物，全都搬給了近代的

---

[89] 鄭振鐸撰〈《兒童世界》宣言〉，載於《中國現代兒童文學文論選》，頁六十五～六十七。

[90] 鄭振鐸撰〈《兒童世界》第三卷的本志〉，載於《中國現代兒童文學文論選》，頁七十。

[91] 鄭振鐸撰〈兒童讀物問題〉，載於《中國現代兒童文學文論選》，頁一二九。

兒童去讀。我們在其中必須有很謹慎的選擇。」[92]由於外國和中國的習慣禮俗、風土人情不同，即使同屬一國，也因古今社會、文字語言的變異，而難為當代兒童所汲取，「又像『小說』的一類，乃至許多的寓言和童話之類，也不是完全適合於今日之兒童的。伊索寓言、中國周秦諸子書中的寓言，都是寓著極深刻的哲理與教訓的，兒童未必懂，而近代的寓言作家，像克魯洛夫和梭羅古勃，又都是借寓言以寓其諷刺與悲哀的，也不是恰當的兒童讀物。」[93]因此，他以為文藝作品裡不能以所描述角色的年齡特徵來限定其對象，寫兒童的並非都能視為兒童讀物，即使是為兒童寫的作品，亦並非均稱得上兒童讀物。世界童話大師安徒生的某些童話，就不適應於少年兒童[94]。鄭振鐸的這一見解，在當時尚未有人提出，他正確地說明了兒童文學和成人文學不能等同，應有自己的特殊規律。

為了使兒童文學樂於為孩子所接受，鄭振鐸多次就文體進行改革，多用短文和圖畫故事，尤其講究語句生動易懂，童話故事皆能朗朗上口，詩歌民謠音節響亮，便於譜曲；不僅是兒童讀物，也是通俗文化教育讀物，只有使用淺近的白話文，才能使兒童文學跳脫出成人文學的窠臼中，形成自己的體系[95]。

鄭振鐸為此嘔盡心血，所以在某種意義上說，他不愧是中國

---

[92] 同上。

[93] 同註九十一。

[94] 同註九十一。

[95] 同註八十二。

現代兒童文學的奠基者之一。

　　鄭振鐸對兒童讀物裝幀和插圖也非常講究。因為這種藝術的美是一種直接的形象教育，最能吸引兒童，因此在〈天鵝序〉中，他曾說：「童話的書，圖畫是不可省略的。」他請著名的兒童畫家許敦谷為《兒童世界》作彩色封面、插圖。有一段時間，扉頁常用安徒生童話的彩色圖畫；《列那狐》由開明書店出版後，增添了原版所刊的三十餘幅插圖，鐵筆銀鉤，把那隻狡狐形象栩栩如生浮現於紙上，使人們得以飽嘗「極為有趣，批評者都謂還給本書以新的生命」[96]。鄭振鐸這種評述是有見地的，好的插圖，更似錦上添花，與文章相得益彰。

　　鄭振鐸在〈兒童文學的教授法〉一文中明確的指出兒童文學的兩個要素：「一、兒童文學是文學，不是科學的敘述，也不是傳導的文字。二、兒童文學是兒童的──便是以兒童為本位，兒童所喜看所能看的文學。」這裡總結了他的兒童文學理論，第一個要素，強調兒童文學必須作為一種文學存在；第二個要素，更重申魯迅『兒童本位』的理論，就是以兒童為根本服務對象，在內容、形式及表現手法等一切方面都力求與小讀者的身心發育階段相適應。」因此鄭振鐸也為現代兒童文學作了相當的貢獻，不論是編輯、譯述和理論都有可觀的成就，尤其是編輯組稿，更是當時無人能及的。

---

[96]　鄭振鐸撰〈《列那狐的歷史》譯序〉載於《鄭振鐸與兒童文學》，頁十五～十六。

| 第五章 |

五四時期兒童文學碩果

第一節　開拓兒童文學領域

　　五四以前中國沒有「兒童文學」這個名稱，直到五四時期才出現[1]。雖然中國古代也有給兒童閱讀的兒童讀物，但由於舊思想的禁錮與舊文學的漠視，使長久以來的中國兒童文學發展緩慢，古代的兒童文學讀物，除了符合傳統教育需要的作品外，它們基本上都不是專門為兒童所創作的文學作品，且數量非常少，因為兒童文學始終被占有統治地位的傳統文學排斥在文學殿堂之外，從來沒有它應有的地位，更不受重視；偶有行諸筆墨者，也被視為引車賣漿者言而加以摒棄。

　　五四以前中國兒童文學發展緩慢的原因很多，但最根本的一點就是中國人「兒童觀」普遍的錯誤。既是新文學大師也非常關心兒童文學的魯迅曾說過：「往昔的歐人，對於孩子的誤解，是以為成人的預備；中國人的誤解，是以為縮小的成人。」[2]而

---

[1]　茅盾撰〈關於「兒童文學」〉載於王泉根評選《中國現代兒童文學文論選》，頁三九五。

[2]　魯迅撰〈我們現在怎樣做父親〉載於《魯迅全集》第一冊，頁一二九～一四三。

周作人也曾說過：「以前的人對於兒童多不能正當理解，不是將他當作縮小的成人，拿『聖經賢傳』盡量的灌下去，便將他看作不完全的小人，說小孩懂得甚麼，一筆抹殺，不去理他。」[3]鄭振鐸在〈中國兒童讀物的分析〉上篇說得更透澈，他說：「對於兒童，舊式的教育家視之無殊成人，取用的方法，也全是施之於成人的。……他們根本蔑視有所謂兒童時代，有所謂適合於兒童時代的特殊教育。他們把『成人』所應知道的東西，全都在這個兒童時代具體而微的給了他們了。」因為對兒童不能作正當的理解，當然就不知道什麼樣的讀物適合兒童閱讀，因此從小一進私塾，念的便是四書五經、子曰詩云，學的便是三綱五常、禮儀規範。用一些「修身、齊家、治國、平天下」的聖賢大道理和莫測高深的道學家的哲學和人生觀，一股腦兒全部丟給茫無所知的兒童，結果徒使兒童在不知不覺中，逐漸地喪失自己，喪失了屬於兒童的精神世界。傳統的兒童讀物有的僅供兒童啟蒙識字之用，或是應付將來的科舉考試，有的更是把成人的文學讀物硬塞給兒童，其思想格調當然遠離兒童的特點，因此都不能算作真正有意義的兒童文學。

直到五四新文化運動熱烈地展開，以「民主」與「科學」為兩大旗幟，猛烈地抨擊舊傳統思想，並從國家與民族的前途出發，一開始就把婦女與兒童問題當作反對舊思想提倡新思想的首

---

[3]　周作人撰〈兒童的文學〉載於《周作人全集》第三冊，頁五七六～五八三。

要任務。一九一八年，陳獨秀主編的《新青年》刊登了一則關於徵求「婦女問題」和「兒童問題」文章的啟事，繼而又將「兒童問題」與「兒童文學」聯繫起來[4]，因此長期處在少有人過問的兒童已經開始得到人們的重視了。

　　陳獨秀、魯迅、李大釗等主持編輯的《新青年》率先登載了安徒生、托爾斯泰的童話，並刊登魯迅、胡適、沈伊默、周作人、劉半農等以兒童生活為題材的白話詩，同時發表了周作人鼓吹兒童文學的文章〈讀安徒生童話〉（十之九）與〈兒童的文學〉。由於《新青年》的大力提倡，使教育界與文學界普遍開展了對兒童教育新途徑的探討。當時的《教育雜誌》、《婦女雜誌》、《東方雜誌》以及著名的四大副刊《晨報‧副刊》、《京報‧副刊》、《民國日報‧覺悟》、《時事新報‧學燈》紛紛發表文章，熱烈探討兒童讀物與兒童文學，刊登兒童文學作品；有的還開闢了專欄，如《晨報》的《兒童世界》，《京報》的《兒童周刊》等，兒童文學一時成為教育界、出版界最時髦、最新鮮的事物。

　　由於五四新文化運動的倡導者們是把兒童文學作為人類社會改造的步驟之一，所以首批的新文學大師們便傾注他們的心力與熱情來關心兒童問題與兒童文學，一方面又受到出版界的贊助，所以兒童文學遂順理成章地應運而生。

---

[4]　同註一。

雖然，在五四以前中國已經開始譯介外國兒童讀物，但是當時的譯介並不全是為了兒童，很大的程度上是為了成人的政治目的與功利主義的需求。所以譯者無論在選題和翻譯手法都不是從兒童出發，而是依照成年人的意志與審美價值，任意增刪、改寫，所以絕大部分譯作都成了改頭換面、不中不西的改譯或編譯，有的甚至在譯作中任意添加自己的創作。為此，周作人曾在《新青年》上發表過尖銳的批評，認為這實在是安徒生在中國的一大悲劇[5]。但是，到了五四時期根據「兒童本位」的觀點，翻譯不再是為了載道而是為了兒童，於是出現煥然一新的變化。不少譯者從兒童的需要出發，把原先任意改譯的作品又作一次重譯，恢復它們本來的面貌。茅盾在考察五四時期兒童文學的翻譯狀況時曾作過這樣的結論：「五四時代的兒童文學運動，大體說來，就是把從前孫毓修先生所已經『改編』（retold）過的或者他未曾用過的西洋的現成『童話』再來一次所謂『直譯』。我們有真正翻譯的西洋『童話』是從那時候起的。」[6]外國兒童文學的大量輸入，一方面填補了五四時期成人式的兒童讀物留下的空白，再方面則對新的兒童文學起了啟發和借鑒的作用，促使兒童文學的先驅者產生了「自己來試一試的想頭。」[7]

---

[5]　周作人撰〈讀安徒生童話（十之九）〉，載於《周作人全集》第三冊，頁三七八～三八五。

[6]　同註一。

[7]　葉聖陶撰〈我和兒童文學〉，載於《我和兒童文學》，頁三～十。

這種「試一試」的實踐，早期是在整理、開發中國民間的兒童文學；接著便是進行創作與理論的探究。而本時期從事兒童文學工作的有關心兒童文學事業的作家，包括新文化運動中的許多大家巨擘和文壇菁英，和從事教育工作的在校教師們和出版界的編輯等人。其中一九二一年成立的文學研究會，其成員更是本時期從事兒童文學工作的中堅分子。他們從兒童文學的理論、翻譯、創作等各方面全面出擊，並在各方面獲得豐碩的成果，因此奠定了中國現代兒童文學堅實的基礎。所以我們可以說，五四時期兒童文學的發展是中國現代兒童文學的破冰之旅。

第二節　奠定理論基礎

　　中國現代兒童文學理論是在相當缺乏自身學術積累和理論傳統的情況下，在晚清至五四前後逐漸發展起來的。由於有一批代表著當時最先進思想意識的文化菁英和許多熱心人士的積極參與，也由於現代的兒童文學處於誕生期的特殊歷史要求，加上外來文化思潮和理論學說的直接影響，中國現代兒童文學理論方形成最初的學術形態和理論系統。

　　本時期兒童文學理論內容豐富，涉及面廣，大致可歸納成以下幾點：

一、以「兒童本位論」為基礎

　　由於五四時期西方現代文化思潮的介紹引進，使中國的有識之士起了熱烈的反響。又一九一九年美國教育家杜威來華講學，「兒童本位論」即是其中的重要內容之一。「兒童本位論」一反傳統教育視教師、教科書為中心的作法，提出了「在整個教育中，兒童是起點，是中心，而且是目的」的命題；認為「兒童的世界是一個具有他們個人興趣的人的世界」，教育「對兒童永遠不是從外面灌進去」而是要根據兒童的興趣和經驗，把潛伏在兒童身體內部的能力及其幼芽，「很小心、很巧妙地。……逐步地『引出』來」，教育者「必須站在兒童的立場上，並且以兒童為自己的出發點」。於是「兒童變成了太陽，而教育的一切措施，則圍繞著他們轉動；兒童是中心，教育的措施便圍繞著他們而組織起來。」[8]這就是杜威「兒童本位論」的主要觀點。

　　一九一八年魯迅在《狂人日記》中已發出「救救孩子」的呼籲，因為要救救孩子，所以要抨擊傳統的教育思想，讓孩子從舊傳統、舊道德的桎梏中解放出來，成為一個獨立的個體，在社會上得到應有的地位。一九一九年十月，就在杜威來華講學的幾個月後，魯迅寫了〈我們現在怎樣做父親〉一文，他說：

---

[8]　參見趙祥麟著《杜威教育論著選》。

往昔的歐人對於孩子的誤解，是以為成人的預備；中國人的誤解，是以為縮小的成人。直到近來，經過許多學者的研究，才知道孩子的世界，與成人截然不同；倘不先行理解，一味蠻做，便大礙於孩子的發達。所以一切設施，都應該以孩子為本位。……此後覺醒的人，應該先洗淨了東方古傳的謬誤思想，對於子女，義務思想須加多，而權利思想卻大可切實核減，以準備改作幼者本位的道德。

兒童的發現，兒童世界的發現，是二十世紀初葉中國一件大事，也是五四新文化運動的一個重要成果。魯迅在此也把「幼者本位」的觀念作為一個口號正式提了出來，只有以兒童為本位的兒童教育觀，才可以產生以兒童為本位的兒童文學觀。

在五四時期與魯迅並稱為兄弟作家的周作人，也是兒童本位論的擁護者，他認為兒童文學應當「順應滿足兒童之本能的興趣與趣味」，「順應自然，助長發達，使各期之兒童得保其自然之本相」。總之，「兒童的文學只是兒童本位的，此外更沒有什麼標準」[9]。周作人的這些觀點，明顯地受杜威「兒童本位論」的影響。

一九二一年一月郭沫若則發表〈兒童文學之管見〉一文，開宗明義就指出「兒童本位」的文字，他說：

9　參見周作人撰〈童話的討論〉、〈童話略論〉與〈兒童的書〉諸文，載於《周作人全集》第二、五冊。

兒童文學，無論採用何種形式（童話、童謠、劇曲），是用兒童本位的文字，由兒童的感官以直愬於其精神堂奧，準依兒童心理的創造性的想像與感情之藝術。兒童文學其重感情與想像二者，大抵與詩的性質相同；其所不同者特以兒童心理為主體，以兒童智力為標準而已。純真的兒童文學家必同時是純真的詩人，而詩人則不必人人能為兒童文學。故就創作方面言，必熟悉兒童心理或赤子之心未失的人，如化身而為嬰兒自由地表現其情感與想像；就鑑賞方面而言，必使兒童感識之之時，如出自自家心坎，於不識不知之間而與之起渾然化一的作用。能依據兒童心理而不用兒童本位的文字以表現，不能起此渾化作用。僅用兒童本位的文字以表示成人的心理，亦不能起此渾化作用。兒童與成人，在生理上與心理上的狀態，相差甚遠。兒童身體決不是成人的縮影，成人心理也決不是兒童之放大。創作兒童文學者，必先體會兒童心理，猶之繪畫雕塑家，必先研究美術的解剖學。

鄭振鐸的兒童文學觀也是以兒童為本位的。他在〈兒童讀物問題〉一文中說：

兒童的「讀物」和成人的讀物並不會是完全相同的。把成人的「讀物」全盤的餵給了兒童，那是不合理的；即把它

們「縮小」了給兒童，也還是不合理的。我們應該明白兒童並不是「縮小」的成人。……凡是兒童讀物，必須以兒童為本位。要順應了兒童的智慧和情緒的發展的程序而給他以最適當的讀物。

最後，鄭振鐸也以魯迅「救救孩子」的口號呼籲說：

兒童比成人得更當心的保養。關於兒童讀物的刊行，自然得比一般讀物的刊行更要小心謹慎。「救救孩子罷！」

前此在一九二一年十二月，鄭振鐸在〈兒童世界宣言〉裡，便說過他的編輯宗旨是教育兒童，特別注重兒童文學的趣味性。他列舉的三個宗旨是：

（一）使它適宜於兒童的地方的及其本能的興趣及愛好；
（二）養成並且指導這種興趣及愛好；
（三）喚起兒童已失的興趣與愛好。

雖然鄭振鐸參考了美國麥克林東（Macclintock）的說法，但他注重兒童特點和趣味性的主張也是和魯迅相同的。正如盛巽昌在〈鄭振鐸和兒童文學〉一文中所說的：

兒童文學理論，早皆有之，鄭振鐸以自己的工作實踐，正確地提出了他的對象、方法和任務；他立足於「救救孩子」，正視現實的世界，盼望通過新生一代的教育，使社會變得美好，從貧困、愚昧中擺脫出來。

一九二二年，鄭振鐸發表的〈兒童文學的教授法〉一文中，更明確地說：「兒童文學是兒童的──便是以兒童為本位，兒童所喜看所能看的文學。」

甚至三十年代著名的兒童文學家陳伯吹也是主張兒童本位的。一九五九年，他在〈談兒童文學工作中的幾個問題〉一文中，談到編輯審稿的工作時說：

> 兒童文學作品既然和成人文學作品同屬於一個範疇的兩個分野，儘管真正好的兒童文學作品成年人也喜愛讀，並且世界上也不缺乏好的成人文學作品同樣適用於兒童而列入兒童文學。然而由於它的特定的讀者對象的關係，究竟具有它自己的特點。……如果審讀兒童文學作品不從「兒童觀點」出發，不在「兒童情趣」上體會，不懷著一顆「童心」去欣賞鑒別，一定會有「滄海遺珠」的遺憾；而被發表和被出版的作品，很可能得到成年人的同聲讚美，而真正的小讀者未必感到有興趣。

在另一篇文章〈談兒童文學創作上的幾個問題〉中，陳伯吹又提出了兒童文學的「特殊性」問題，強調兒童文學的特點和成人文學應有所區別。他說；

> 兒童文學的特殊性是在於具有教育的方向性，首先是照顧兒童年齡的特徵。說明白些，是要求了解兒童的心理狀態，他們的好奇、求知、思想、感情、意志、行動、注意力和興趣等等的成長過程。……兒童文學作品必須在客觀上和它的讀者對象的主觀條件相適應，這才算是真正的兒童文學作品。

兒童文學作家首先須認識兒童文學的特殊性，才能創作出兒童本位的作品。所以他接著又說：

> 以兒童的耳朵去聽，以兒童的眼睛去看，特別以兒童的心靈去體會，就必然會寫出兒童所看得懂，喜歡看的作品來。

陳伯吹所說的兒童觀點、兒童情趣、教育性和特殊性等，大抵是從兒童本位論發展出來的。

茅盾也非常重視兒童心理問題，在〈一九六〇年少年兒童文學漫談〉一文中，他說：

了解不同年齡的兒童、少年的心理活動的特點，卻是必要的；而所以要了解他們的特點，就為的是要找出最適合於不同年齡兒童、少年的不同的表現方式。……在你的作品中盡量使用你的小讀者們會感到親切、生動、富於形象性的語言，而努力避免那些乾巴巴的，有點像某些報告中所用的語言。

以上諸家的意見，儘管表述的方式不同，但他們都一致認為兒童文學必須以兒童為本位，為兒童而服務。強調兒童文學應以兒童為中心，以兒童為主體，強調兒童文學應迎合兒童心理，以兒童的心理特徵、精神需要、接受能力為準繩，使之成為兒童所喜看、所能看的文學。中國數千年來，在傳統的制度下一向強調「父為子綱」，給兒童閱讀的是遠離兒童情趣的《四書》、《五經》，到了五四時期，「兒童本位論」的出現，對兒童觀念的改變，實在是中國兒童文學的一大變革，也是中國兒童的一大福音。

二、對兒童文學作品的要求

因為五四時期這批兒童文學大師們站在兒童本位的立場，要求兒童讀物必須符合兒童的特殊性與趣味性，所以對兒童文學作品都有其堅持與要求，包括文體的樣式、內容題材或是用字遣詞，甚至兒童讀物的插畫品質皆嚴格要求。

（一）文體多樣化

　　中國古代兒童文學不僅發展緩慢，而且文學樣式極為單調。五四前後，現代兒童文學的拓荒者們為了建設新文體的急需，一方面從外來文化中引進新的文學樣式，另一方面開始注重兒童文學文體的探討研究，發掘本國固有的傳統遺產。周作人在這方面所做的工作較早，成績也較顯著，其中尤以童話研究為甚。一九一三年至一九一四年，周作人用文言文寫了〈童話略論〉、〈童話研究〉與〈古童話釋義〉等文章，這是現代中國最早的童話專論。周作人的童話理論內容比較豐富，對童話的分類、起源、性質、特徵、作用等提出了嶄新的見解。

　　周作人對兒歌也進行過較深入的探討。兒歌是兒童喜吟愛唱的一種簡短詩歌，中國古代一般稱作童謠。但在漫長的傳統社會裡，童謠的實質被陰陽五行學說作了極其荒誕的歪曲，長期以來，童謠被各種政治力量杜撰、篡改、利用，成了蠱惑人心、製造輿論的神學工具。周作人在一九一三年寫的〈兒歌之研究〉對童謠的起源作了正確的分析，駁斥了「熒惑說」的謬論，揭開了蒙在童謠上面的神祕乖謬外衣，恢復了它的本來面目並肯定兒歌在兒童教育上的作用，並為兒歌作了比較合理的分類。

　　兒童戲劇在中國出現也較遲，大概辛亥革命前後，由於受西方文化影響，始有兒童劇作。值得一提的是，周作人較早提倡過這種新的兒童文學樣式。他認為兒童劇對孩子們具有特殊的魅

力，他「很希望於兒歌童話以外，有美而健全的兒童劇本出現於中國，使他們得在院子裡樹蔭下或唱或讀，或演扮浪漫的故事，正當地享受他們應得的悅樂」。對於兒童劇的創作，周作人提出：「第一要緊的是一個童話的世界」，「以現實的事物為材」，而富於浪漫色彩，作者「要復活他的童心，照著心奧的鏡裡的影子」進行創作，以「迎合兒童心理」[10]。

（二）題材內容

　　魯迅認為中國現代的兒童應該「有耐勞作的體力，純潔高尚的道德，廣博自由能容納新潮流的精神。」[11]因此兒童讀物的內容也應有所革新，不能一味地向兒童灌輸傳統的舊道德思想。魯迅以自己童年時所讀的《二十四孝圖》為例，指出書中所列舉的二十四個孝例，完全脫離現實的生活，兒童看了不但不能引起共鳴，反而產生強烈的反感。且兒童文學作者應從現實生活中選擇與兒童生活有關的題材，反映時代的精神和面貌。魯迅認為新時代的兒童應該用新的眼光來觀察事物，兒童文學作者必須給他們創作新的作品，所以魯迅特別推崇葉聖陶創作的童話《稻草人》，並說《稻草人》是「給中國的童話開了一條自己創作的路。」

---

[10]　周作人撰〈兒童劇〉載於《周作人全集》第二冊，頁七三～七五。
[11]　魯迅撰〈我們現在怎樣作父親〉載於《魯迅全集》第一冊，頁一二九～一四三。

其次，兒童文學的題材應當多樣化，因為兒童的求知慾旺盛，興趣廣泛，為了滿足他們的好奇心，廣闊他們的視野，兒童讀物應從多方面取材；不只限於純文學的讀物，還應包括知識性的讀物，因此魯迅便曾大力倡導青少年兒童閱讀科學性的讀物。

（三）用字遣詞

魯迅在〈二十四孝圖〉一文中，曾猛烈抨擊「一切反對白話，妨害白話者」，因為他們不使兒童享有可以讀得懂的讀物。魯迅的童年曾身受無書可讀的痛苦，所以魯迅認為兒童文學不但要用白話來寫，使兒童易懂，內容也要有趣味，不和時代脫節。兒童文學的讀者當然是兒童，所以應依據小讀者的心理特徵和智力發展與適合的文字來創作，使作品能引起兒童的閱讀趣味。魯迅除了抨擊二、三十年代出版的兒童讀物內容陳腐和印刷低劣外，他還主張為兒童寫作應該注意兒童的特點，儘量接近兒童、認識兒童。

至於兒童文學作品的語言問題，魯迅認為作家應該向孩子學習語言，他說：

> 說是白話文應該「明白如話」，已經要算唱厭了的老調了，但其實，現在的許多白話文卻連「明白如話」也沒有做到。倘要明白，我以為第一是在作者先把似識非識的字放棄，從活人的嘴上，採取有生命的詞彙，搬到紙上來；

也就是學學孩子，只說些自己的確能懂的話。[12]

魯迅說他自己寫作、翻譯兒童文學作品時，始終堅持文字一定要淺顯易懂，適合兒童閱讀，為了使讀者易懂，絕不採用冷僻的字。

鄭振鐸也非常重視兒童讀物的文字問題。有鑑於當時的兒童讀物文字古舊，內容駁雜，難以分辨屬於何種年齡層閱讀的，為此他特別強調兒童刊物的對象必須是兒童。他說：「把成人的『讀物』全盤的餵給了兒童，那是不合理的；即把它們『縮小』了給兒童，也還是不合理的」；他並再次重申周作人的說法，「我們應該明白兒童並不是『縮小』的成人。」[13]並盡力避免歐化的彆扭文字，即使有些名著為了保持其完美、準確，而採用直譯法，也務必使兒童讀來不費力氣。

（四）插畫品質

中國向來不重視兒童讀物，更遑論其中插畫的良莠問題。但早在二十年代，魯迅已經注意到這個問題，他認為兒童讀物中的插畫品質非常重要，因為兒童喜愛圖畫，有時還因為圖畫才去看書中的文字。插畫除了引起讀者的閱讀興趣外，還可以補充文字的不足，幫助讀者了解書中的內容。魯迅在〈連環圖畫辯護〉一

---

[12] 魯迅撰〈人生識字糊塗始〉載於《魯迅全集》第六冊，頁二九五～二九七。
[13] 鄭振鐸撰〈兒童讀物問題〉，載於《中國現代兒童文學文論選》，頁一二九。

文中說：

> 書籍的插畫，原意是在裝飾書籍，增加讀者的興趣的，但
> 那力量，能補助文字之所不及，所以也是一種宣傳畫。這
> 種畫的幅數極多的時候，即能只靠圖像，悟到文字的內
> 容，和文字一分開，也就成了獨立的連環畫。

　　所以兒童讀物的插畫不但要有趣味性、真實性，而且必須與
文字相互配合，兒童讀物的插畫家必須確實掌握插畫的事物，否
則畫出來的東西便不真實，反而容易誤導小讀者對現實事物的認
知。因此，兒童讀物的插畫也會對社會產生很大的影響，插畫家
必須謹慎小心，並善用之，避免對兒童產生不良的影響。

　　鄭振鐸對兒童讀物裝幀和插圖也非常講究。因為這種藝術的
美，是一種直觀的形象教育，最能吸引兒童，因此在〈天鵝序〉
中，他曾說：「童話的書，圖畫是不可省略的。」他邀請著名的
兒童畫家許敦谷為《兒童世界》作彩色封面、插圖。有一段時
間，扉頁常用安徒生童話的彩色圖畫；《列那狐》由開明書店出
版後，增添了原版所刊的三十餘幅插圖，鐵筆銀鉤，把那隻狡狐
形象栩栩如生浮現於紙上，使人們得以飽嘗「極為有趣，批評者
都謂還給本書以新的生命」[14]。鄭振鐸這種評述是有見地的，好

---

[14] 鄭振鐸撰〈《列那狐的歷史》譯序〉，載於《鄭振鐸與兒童文學》，頁十五～
　　十六。

的插圖，更似錦上添花，與文章相得益彰。

　　五四時期的兒童文學理論，不但有兒童本位論的內在精神，更有作品的外在實質，因為大師們不斷地提倡、鼓吹，在兒童文學作品上巨細靡遺地從文體形式、內容題材、用字遣詞甚至插畫品質上要求，所以本時期是中國兒童文學理論前所未有的新契機。

第三節　豐碩創作成果

　　五四時期重要的兒童文學家幾乎都是文學研究會的成員，創作時堅持以為人生而藝術的主張；在技巧上，則提倡寫實主義的手法。所以我們可以說本時期的兒童文學創作也是為人生的兒童文學，以「為人生」為創作基礎。

　　在〈文學研究會發起宣言〉已宣稱：「將文藝當作高興時的遊戲或失意時的消遣的時候，現在已經過去了。……文學應當反應社會的現象，表現並且討論人生一般的問題。」[15]鄭振鐸在〈新文學觀的建設〉中曾說：

　　　　我們要曉得文學雖是藝術雖也能以其文字之美與想像之美
　　　　來感動人，但卻決不是以娛樂為目的的。反而言之，卻也

---

[15]　〈文學研究會宣言〉載於《文學研究會評論資料選》上冊，頁二七九。

不是以教訓，以傳道為目的的。文學是人類感情之傾洩於文字上的。他是人生上的反映，是自然而發生的。他的使命，他的偉大的價值；就在於通人類的感情之郵。[16]

葉聖陶也曾說：

要表顯出一個情意，須要適度的材料。要使這個材料具有生命，入人之心，須要用最適切於表現這個材料的一個方式。……創作家須注意的是：（一）要取精當的材料；（二）要表現一切的內在的實際；（三）要使質和形都是和諧的自由的。[17]

　　文學研究會的成員基於「為人生」的文學思想，使他們以清醒的眼光來面對人生，所以他們會關切當時的婦女與兒童問題，創作時也堅持以「為人生」為創作基礎。

　　試看本時期最具代表性的兒童文學創作，如茅盾的童話和兒童小說，冰心的《寄小讀者》，葉聖陶的《稻草人》，所具備的歷史意義與影響。

---

[16] 〈新文學觀的建設〉載於《中國新文學大系》第二冊文學論爭集，頁一六〇。
[17] 葉聖陶撰〈創作的要素〉載於《葉聖陶集》第九冊，頁一八三～一八五。

一、茅盾的童話和兒童小說：

（一）開創性質的童話

　　中國的童話源遠流長，但「童話」這個名稱始於何時？應始於一九〇九年商務印書館開始出版專門供少年兒童閱讀的文學叢書──《童話》，這套叢書共出了三輯，計一百零二冊，其中大多數的作品是真正的童話，還有少數屬於故事、寓言。孫毓修編寫了七十七冊，茅盾以原名沈德鴻編寫十七冊，鄭振鐸編寫四冊，還有四冊為他人所編[18]。

　　茅盾的十七本童話中，編纂的五本，編譯的有十一本，編著的有一本。從題材來看，大致可分成三類：第一類是根據外國童話、神話或民間故事加以改寫，計十七篇。如〈蛙公主〉、〈驢大哥〉取材於《格林童話》，〈金龜〉出自阿拉伯民間故事〈一千零一夜〉。第二類是根據中國古典讀物改編，多半取材於唐人傳奇與宋人話本，共五篇。如〈大槐國〉是根據〈南柯太守傳〉改編的，〈樹中餓〉是根據〈羊角哀棄官贖友〉的故事改寫的。第三類是茅盾個人的創作，有〈書呆子〉、〈一段麻〉、〈尋快樂〉、〈風雪雲〉、〈學由瓜得〉等五篇。這類童話，以今天的

---

[18]　金玉燕著《茅盾的童心》，頁十八～十九。

眼光看，有的實際上是兒童小說，如〈書呆子〉與〈一段麻〉；
有的是寓言，如〈學由瓜得〉，但都不失為成功之作。[19]

　　由於五四時期的童話創作尚處於探索、嘗試的階段，沒有成
功的先例可為借鑒，因此出現在茅盾筆下的作品，也難免帶有這
種嘗試性質的不足之處。五四時期還是童話創作的萌芽時期，一
切都要經過拓荒者們的嘗試，後人明智，自然不應苛求前人的實
績。從現代童話創作發展史考察，茅盾的二十七篇童話，正是我
們認識和研究早期童話基本風貌的寶貴文獻，它記錄了中國現代
兒童文學拓荒者探索童話創作的深深腳印，它的成功與不足，為
現代童話起了篳路藍縷的開創作用，而開創之功是不可抹滅的。

（二）兒童小說的創作

　　茅盾反映兒童生活的小說，有中篇的〈少年印刷工〉和短
篇的〈阿四的故事〉、〈大鼻子的故事〉、〈兒子開會去了〉、
〈列那與吉地〉等。他的兒童小說主題鮮明，富有教育意義，善
於通過小說主角坎坷命運的描寫，揭示孩子們在舊時代的苦難，
呼籲整個社會來關心他們的成長。茅盾的兒童小說也為兒童文學
創作提供了一條極寶貴的經驗，那就是重視兒童年齡的特徵，兒
童文學作品所運用的各種文學創作技巧，都必須和兒童的欣賞能
力和欣賞趣味相適應。他的兒童小說寫得讓小讀者看得懂又覺得

---

[19] 孔海珠撰〈茅盾對兒童文學事業的貢獻〉，載於《茅盾和兒童文學》，頁五三
一～五五五。

有趣味，有著吸引少年兒童、感染少年兒童的藝術感染力，是列之於文學之林的出色作品，也是深受少年兒童歡迎的作品。

二、冰心飲譽文壇的《寄小讀者》

《寄小讀者》是冰心於一九二三年八月赴美留學時，自北京到上海的途中，再旅居美國時的所見所聞，用書信形式寄回國內發表，一九二六年結集而成的散文集。她用女性特有的溫柔、細膩的感情與純潔、天真的兒童們作心聲的交流，告訴他們她在異國的所見所聞；並從兒童的特點出發，寓教於樂，以情感人，從不以兒童教育者的面貌出現，不作空泛的說教或訓誡，而是採用與兒童談心的方式，用親切婉轉的語調，述說自己生活中的見聞和內心的感受，並且敘述得那樣富於趣味，那樣娓娓動聽，那樣情感深厚，因而能牽動兒童的心，使他們在不知不覺中受到作品的啟迪，從中得到教益。作品中有部分是抒發對國家、對母親和親友們的懷念，她想通過對母愛的頌讚，給小讀者帶來溫暖與安慰，並且想用母愛而擴展的博愛來解除社會上的罪惡，來拯救苦難的眾生。而《寄小讀者》文筆的清麗，詞彙的豐富，描寫的細膩，意境的優美，長期以來更受到廣大讀者的喜愛，不愧是五四以來有益於兒童的好作品。冰心的作品建立起她自己個人的獨特風格，特別是她熔鑄了文言文的精華與白話文學的語言，曾被視為「冰心體」而稱譽一時。

三、葉聖陶的《稻草人》給中國童話開了一條自己創作的路

　　一九二一年鄭振鐸為《兒童世界》向葉聖陶邀稿，在短短一年的時間裡，葉聖陶共寫了二十三篇童話，題名《稻草人》，一九二三年結集出版，並列入《文學研究會叢書》。葉聖陶的童話創作雖然受了西方童話的影響，但他所描寫的童話人物卻完全脫離了王子公主、仙巫精怪的窠臼，全部是嶄新的，內容是中國常見的人事物。葉聖陶用精湛的童話藝術，將帶有中華民族和鄉土色彩的尋常人物，變成童話裡的人物和環境，這的確是一種嶄新的創造。

　　葉聖陶的《稻草人》具有濃鬱的詩情，常透過美好景物的描寫與作品中的主角思想感情交融在一起，使作品充滿詩意。想像力也是葉聖陶童話作品中不可缺少的因素，葉聖陶用兒童的眼光和幻想力，將生物、無生物幻化成多樣的藝術形象，或光怪陸離，或絢麗多彩，而且充滿了詩情。在葉聖陶的筆下，無論是天上的飛鳥，水裡的游魚，地上的走獸，甚至桑陌上的花草、樹木，還有無生命的稻草人、石像、書籍以至汽車、火車頭等，全都賦予了人的性格。這種擬人的手法完全是為了迎合兒童的情趣，符合兒童的想像世界，使他們感到真實而可信，有趣而有味，在不知不覺中受到作品思想的陶冶。葉聖陶也善於利用排筆

與間隔重覆的技巧，並結合趣味性與思想性，不僅加深了童話神奇色調的濃度，而且造成了作品童趣盎然的氣氛，使小讀者從中獲得作品思想的薰陶。

五四時期是兒童文學的開拓期，經過新文學大師們的熱情參與，在理論、創作、翻譯與編輯方面都有傲人的成就。理論以魯迅與周作人兄弟最具代表性，創作方面則以茅盾、冰心、葉聖陶為代表，編輯方面的代表則非鄭振鐸莫屬，至於翻譯上的成就則幾乎每個人或多或少都有貢獻。以下則先論述鄭振鐸的編輯成就。

五四時期兒童文學引起大眾廣泛的注意，有理論有創作有翻譯，成就固然可觀，但兒童文學陣地的擴展和鞏固，則有賴於報刊雜誌的刊行廣為流傳，鄭振鐸就是當時兒童文學的編輯群中最重要的人物之一。一九二一年五月，二十四歲的鄭振鐸便由茅盾介紹到商務印書館當編輯，一九二一年七月，並兼任《時事新報》副刊《學燈》的主編，在《學燈》上新闢「兒童文學」專欄，這是中國現代報刊史上第一個兒童文學專欄，同時也是他為將來創辦《兒童世界》先作的嘗試。《兒童世界》周刊直到一九二二年一月正式問世，內容分為十類，即插圖、歌譜、詩歌童謠、故事、童話、戲劇、寓言、小說、格言、滑稽畫，其他還有雜載、通信等，所以該刊實際上就是中國最早的真正的兒童文學專刊。在鄭振鐸的大力鼓動下，葉聖陶、趙景深、顧頡剛等一批文學研究會會員都紛紛為該刊寫稿，尤其是葉聖陶在他的催促下，越寫越多，越寫越好，後來結集為《稻草人》一書，被魯迅

譽為「給中國的童話開了一條自己創作的路。」鄭振鐸自己也
創作了一些童話、圖畫故事書和兒童詩等，更改寫、引進了很多
外國兒童文學作品，如歐洲古代的《伊索寓言》，歐洲中世紀
的《列那狐的故事》，日本民間故事《竹取物語》：印度、阿拉
伯、奧地利、高加索等地的民間故事，以及丹麥安徒生、英國王
爾德寫的童話等。《兒童世界》的問世，澈底改變了中國兒童刊
物的面貌，一掃過去兒童刊物「成人化」的弊端，以嶄新的內
容、濃鬱的兒童化與文學性、生動活潑的形式，受到廣大小讀者
的歡迎，甚至遠銷到日本、新加坡、香港、澳門等地，達到兒童
刊物從未有的繁榮局面。[20]

　　《兒童世界》在鄭振鐸主編的一年多裡，主要的特點可概括
成以下幾方面：

　　一、明確地站在五四的立場，面對兒童的實際生活，提倡運
　　　　用生動活潑且多樣化的兒童文學，以陶冶兒童的性情，
　　　　擴大他們的視野，配合新文學運動的展開，及時為兒童
　　　　提供一份新的精神食糧。

　　二、為建設兒童文學、發展兒童文學的陣地，鄭振鐸促使一
　　　　些新文學工作者積極地從事兒童文學，也為他們提供
　　　　一個創作發表的園地。同時也發掘不少兒童文學人才，
　　　　如：胡繩、吳懷琛、吳研因、許敦谷、卓西等。

---

[20] 參見張香還著《中國兒童文學史》（現代部分），頁一二〇～一二九。

三、由於《兒童世界》的主編就是文學研究會的發起人之一，因此執筆又大部分是文學研究會的成員，所以刊登的作品自然也帶有文學研究會所主張的「為人生」的現實主義文學的寫作特色。

四、介紹刊登優秀的外國兒童文學作品，也是《兒童世界》不可或缺的一部分。

一九二三年一月，鄭振鐸繼茅盾接辦文學研究會主持的《小說月報》。他在原有宣傳新文學的既定方針下，刊登了不少中外兒童文學的優秀作品，陸續發表了魯迅、張曉天、張若谷和顧均正翻譯的外國兒童文學作品。《小說月報》出版於上海，歷史悠久，萃中國之名家，匯天下之大作，在當時已是聲騷海內的文學權威刊物，而竟如此關切於兒童文學，在當時乃一創舉，其獨特眼光更是他類雜誌所望塵莫及的。從十七卷起更開闢《兒童文學》專號，每期刊登童話數篇，除鄭振鐸本人外，還有葉聖陶、徐志摩、嚴既澄、敬隱漁以及鄭振鐸的夫人高君箴的外國童話譯述，此後還連載了徐調孚翻譯的世界童話名著《木偶的奇遇》和由紹興民間傳說改編為童話的作品──徐蔚南譯的《蛇郎》。為了幫助人們認識世界童話史，對它的演變有一個較為清楚的了解，《小說月報》連續發表了顧均正編譯的《世界童話名著介紹》，提綱挈領地介紹了英國吉卜林的《莽叢集》、巴萊的話劇《彼德斑恩》、美國斯托克頓《冬天的故事》和挪威民間故事等。這對開擴讀者眼界，啟發作者思路，不無裨益。一九二

七年，鄭振鐸在《小說月報》開始發表他編纂的《文學大綱》巨著，對兒童文學，特別是童話在世界文學中的地位，作了適當的評價。[21]

嚴格而言，鄭振鐸專職從事兒童文學工作的時間僅僅一年有餘，但就在這關鍵的一年裡，在他積極地參與與提倡和有計劃的組織下，使中國兒童文學運動終於正式展開。

在五四時期兒童文學翻譯的成就與意義方面，由於此時期兒童文學的翻譯工作者浩如煙海，當時凡曾接觸過兒童文學的作家幾乎或多或少都曾參與，而以文學研究會成員的翻譯成就最為可觀。在外國兒童文學翻譯作品中，以丹麥童話作家安徒生和他的作品最先引起知識界的興趣。《新青年》雜誌在一九一八年就以專題介紹安徒生，並翻譯刊登他的著名童話作品〈賣火柴的女孩〉；同年中華書局出版了陳宗麟、陳大鐙兩人合譯的安徒生童話集〈十之九〉，內容包括了〈火絨筐〉、〈國王之新服〉、〈牧童〉等六篇作品。一九二〇年《少年雜誌》也翻譯了安徒生的童話作品〈火絨盒〉、〈皇帝的新衣〉。一九二一年由茅盾主編的《小說月報》和王蘊章主編的《婦女雜誌》，分別開闢了「兒童文學」和「兒童領地」專欄，這兩本雜誌除繼續介紹安徒生作品外，還注意了格林、王爾德、托爾斯泰的作品。一九二三年《小說月報》又刊登了愛羅先珂等人的童話；到了一九二五

---

[21] 同上。

年，該刊又接連編輯了兩期「安徒生專號」，趙景深、徐調孚、顧均正、胡愈之等人都曾為它執筆。其中除收輯安徒生童話二十二篇外，顧均正還在該刊編寫了〈安徒生評傳〉，以及由顧均正、徐調孚合編的《安徒生年譜》，對這位著名的丹麥童話作家作了全面而詳盡的介紹。[22]

英國童話作家王爾德，是僅次於安徒生而受到中國讀者注意的一個作家。穆木天最早翻譯出版了《王爾德童話》一書，張聞天和汪馥泉並為它寫了〈王爾德的童話〉專論，對王爾德作了深入的評述。

魯迅在一九二二年，翻譯了俄國作家愛羅先珂的《愛羅先珂童話集》，次年又翻譯了他的另一童話劇《桃色的雲》。

鄭振鐸對安徒生也有極高的評價，他主編《兒童世界》時期，就對安徒生的童話進行過介紹。一九二五年，他還翻譯了德國作家狄爾的《高加索民間故事》，其後在一九二六年又翻譯出版《列那狐的歷史》以及《菜森寓言》、《印度寓言》等作品。其中《列那狐的歷史》譯作的影響最大，它本來是法國的長篇動物故事敘事詩，向來被視為傳統兒童文學讀物。一九二二年，鄭振鐸曾就其中片段改寫為《狐與狼》，一九二五年，又根據歌德的改寫本，將它全部譯成中文，深受當時讀者的歡迎。鄭振鐸認為《列那狐的歷史》是「一部偉大的極有趣的禽獸史詩」，「又

---

[22] 參見孫建江著《二十世紀中國兒童文學導論》，頁一四九～一六一。

是一部最可愛的童話」，此書「最可愛最特異的一點，便是善於描寫禽獸的行動及性格，使之如真的一般」讀者「都可為她所描寫的逼真的禽獸國的情景與書中主人翁列那的絕世聰明所感動」[23]。《列那狐的歷史》將動物世界完全擬人化，維妙維肖地刻畫眾多動物的性格，最成功的是塑造一個慣於撒謊且詭計多端的狐狸列那。這部書對中國兒童文學深刻的影響正在於此，由於受到狐狸列那的影響，從此狐狸在中國童話創作中便成為一個特定的反面角色。《列那狐的歷史》所加以擬人化的其他動物類型，也直接影響到中國現代童話創作中的動物形象與性格特徵，如熊的愚笨、狼的兇狠、獅的狂妄、兔羊雞的善良懦弱等。[24]

茅盾在一九二七年翻譯了俄國作家契訶夫描寫兒童生活的短篇小說《萬卡》。趙景深、顧均正、趙元任、嚴既澄、徐調孚、陳伯吹等，也都在此時期從事過外國兒童文學作品的翻譯工作。其中，徐調孚還編輯了翻譯介紹外國優秀兒童文學作品的《世界少年文學叢刊》，其中包括趙景深譯的《月的話》、《皇帝的新衣》、《橋下》，徐調孚譯的安徒生童話《母親的故鄉》，顧均正譯的安徒生童話《夜鶯》《水蓮花》等七本書。其他，顧均正也翻譯了挪威民間故事《三公主》、印度史蒂文生的兒童小說《寶島》等。[25]

---

[23]　鄭振鐸撰〈《列那狐的歷史》譯序〉載於《鄭振鐸與兒童文學》，頁一五～一六。
[24]　參見王泉根著《現代兒童文學的先驅》，頁一二六～一三七。
[25]　同註二十二。

在這一時期內，大量的外國優秀兒童文學作品被譯介到中國，這對於中國的兒童文學發展有著積極推動的作用。葉聖陶便說過，他對兒童文學的興趣是受外國的翻譯作品所引起的；而冰心的兒童散文和兒童詩歌則是受了印度詩人泰戈爾的影響；周作人則根據外國兒童劇本編譯了《兒童劇》。這些外國兒童文學翻譯作品不僅啟發了當時人對兒童文學的關注，更促使許多作家投入兒童文學創作的行列，意義是非常重大的。

結　語

　　五四時期逐漸形成的中國現代兒童文學，在相當缺乏自身學術積累和理論傳統的情況下，由於有一批代表著當時最先進思想意識的文化菁英和許多熱心人士的積極參與，也由於現代的兒童文學處於誕生期的特殊歷史要求，加上外來文化思潮和理論學說的直接影響，中國現代兒童文學迅速地形成了最初的學術形態和理論系統，從而進入一個獨立、自覺的學科發展時期。

　　綜觀五四時期的兒童文學領域，我們可以看出初期的發展著重於翻譯外國的兒童文學作品、整理中國固有的民間文學和改編傳統的兒童讀物，初期兒童文學的創作仍處於探索的嘗試階段，但對於整個現代兒童文學的發展而言，則具有開創的意義。到了五四新文化運動熱烈地展開，不僅以洪波巨瀾之勢衝擊著中國傳統舊文學，更以不可阻擋的凌厲攻勢，掀起了中國現代兒童文學的新世紀。

　　一九二一年以後，以「為人生而藝術」為宗旨的文學研究會成立，使該會主要成員熱衷於兒童問題與兒童文學的開拓，中國兒童文學始從整個文學大系統中獨立出來，自成一體系，無論在理論建設、創作的質與量或翻譯、出版方面都有重大的突破。

五四時期西方現代文化思潮的引進，其中一九一九年美國教育家杜威來華講學，其主張的「兒童本位論」使中國的有識之士起了熱烈的反響。魯迅首先提出「幼者本位」的口號，周作人、郭沫若、鄭振鐸等人也相繼加以附和。他們一致認為兒童文學必須以兒童為本位，為兒童而服務。強調兒童文學應以兒童為中心，以兒童為主體，強調兒童文學應迎合兒童心理，以兒童的心理特徵、精神需要、接受能力為準繩，使之成為兒童所喜看、所能看的文學。中國數千年來，在傳統的制度下一向強調「父為子綱」的觀念，給兒童閱讀的是遠離兒童情趣的《四書》、《五經》，到了五四時期，「兒童本位論」的出現，對兒童觀念的改變，實在是中國兒童文學的一大變革。

　　以「兒童本位論」為基礎下，從事兒童文學概念的研究，認為兒童文學是建築在兒童生活和兒童心理的基礎上的一種文學，是為了適應兒童的需要，用兒童本位組織的一種文學。同時要求兒童讀物必須符合兒童的特殊性與趣味性，所以對兒童文學作品的文學體裁、內容題材或是用字遣詞，甚至兒童讀物的插畫品質皆嚴格要求。另有從中國固有的文化遺產中整理出適合兒童閱讀的兒歌、童話或神話以充實當時兒童文學的不足，這也促使周作人、茅盾等人從事兒歌、童話與神話的研究，並提出不少建設性的見解。

　　這時期大量的外國優秀兒童文學作品被譯介到中國，對於中國的兒童文學發展也產生了積極的作用。丹麥童話作家安徒生

和他的作品，最先引起知識界的興趣。《新青年》雜誌在一九一
八年就以專題介紹安徒生，並翻譯刊登他的著名童話作品〈賣火
柴的女孩〉。一九二一年由茅盾主編的《小說月報》和王蘊章主
編的《婦女雜誌》，分別開闢了「兒童文學」和「兒童領地」專
欄，這兩本雜誌除繼續介紹安徒生作品外，還注意了格林、王爾
德、托爾斯泰的作品。一九二三年《小說月報》又刊登了愛羅先
珂等人的童話；到了一九二五年，該刊又接連編輯了兩期「安徒
生專號」。魯迅在一九二二年，翻譯了俄國作家愛羅先珂的《愛
羅先珂童話集》，次年又翻譯了他的另一童話劇《桃色的雲》。
鄭振鐸對安徒生也有極高的評價，他主編《兒童世界》時期，
就對安徒生的童話進行過介紹。一九二五年，他還翻譯了德國作
家狄爾的《高加索民間故事》，其後在一九二六年又翻譯出版了
德國著名詩人歌德的敘事詩《列那狐》以及《菜森寓言》、《印
度寓言》等作品。茅盾在一九二七年翻譯了俄國作家契訶夫描寫
兒童生活的短篇小說《萬卡》，冰心也翻譯過印度的童話。此時
期的兒童文學翻譯作品可謂是琳瑯滿目，同時也刺激了中國兒童
文學的發展。

　　葉聖陶受外國兒童文學的影響，而對兒童文學創作有了「試
一試」的想法，一九二一年起葉聖陶為《兒童世界》寫了二十三
篇童話，題名為《稻草人》，魯迅曾說葉聖陶的《稻草人》「給
中國的童話開了一條自己創作的路」。葉聖陶的童話創作雖然受
了西方童話的影響，但他所描寫的童話人物卻完全脫離了王子公

主、仙巫精怪的窠臼，全部是嶄新的，內容是中國常見的人事物。葉聖陶用精湛的童話藝術，將帶有中華民族和鄉土色彩的尋常人物，變成童話裡的人物和環境，這的確是一種嶄新的創造。

冰心的兒童散文和兒童詩歌也受了印度詩人泰戈爾的影響，其中以兒童散文《寄小讀者》成就最大。冰心清麗的文筆，詞彙的豐富，描寫的細膩，意境的優美，長期以來受到廣大讀者的喜愛，且冰心的作品建立起她自己個人的獨特風格，特別是她熔鑄了文言文的精華與白話文學的語言，曾被視為「冰心體」而稱譽一時。

茅盾改編、創作的童話，則記錄了中國現代兒童文學拓荒者探索童話創作的深深腳印，為現代童話起了筆路藍縷的開創作用，其開創之功是不可抹滅的。

五四時期兒童文學引起大眾廣泛的注意，有理論有創作有翻譯，成就固然可觀，但兒童文學陣地的擴展和鞏固，則有賴於報刊雜誌的刊行方能廣為流傳，鄭振鐸就是當時兒童文學的編輯群中最重要的人物之一。一九二一年鄭振鐸便由茅盾介紹到商務印書館當編輯，不久又兼任《時事新報》副刊《學燈》的主編，在《學燈》上新闢「兒童文學」專欄，這是中國現代報刊史上第一個兒童文學專欄。之後，便陸續擔任《兒童世界》、《小說月報》等刊物的主編，不遺餘力地為兒童文學的發展付出心力，在鄭振鐸積極地參與與提倡和有計劃的組織下，使中國兒童文學運動終於正式展開。

今日台灣大部分的學者對兒童文學熱情不再，一般社會大眾對兒童文學的概念更顯得非常粗淺，相較於中國五四時期兒童文學的盛況，令人有今非昔彼之感。台灣目前只有少數熱衷於兒童文學的工作者不斷地付出與宣導，希望引起大眾對兒童文學的些許關注；台海兩岸對兒童文學關注的差異，乃導因於五四時期特殊的歷史背景，與中國新文學大師們對國家民族強烈的使命感而形成的特殊現象，較之於今日台灣兒童文學的發展有著不同的時空背景。

但是我們期許現代台灣的兒童文學工作者，繼續努力推廣兒童文學，引起社會大眾廣泛的注意，並帶動兒童文學研究的風潮，提升國內兒童文學研究的水準，期使台灣的兒童文學界再締造另一個五四兒童文學的新高峰！

主要引用及參考書目

一、專書部分

《一八九八～一九四九中外文學比較史》，范伯群、朱棟霖主編。江蘇：教育出版社，一九九三年九月初版。

《一代才華——鄭振鐸傳》，陳福康著。台北：業強出版社，一九九三年五月初版。

《二十世紀中國兒童文學導論》，孫建江著。南京：江蘇少年兒童出版社，一九九五年二月初版。

《二十世紀中國兩岸文學史》，張毓茂主編。瀋陽：遼寧大學出版社，一九八八年八月初版。

《人學尺度和美學判斷——王泉根兒童文學文論》，王泉根著。蘭州：甘肅少年兒童出版社，一九九四年十月初版。

《凡人的悲哀——周作人傳》，錢理群著。台北：業強出版社，一九九一年十月初版。

《山高水長——葉聖陶傳》，劉增人著。台北：業強出版社，一九九四年五月初版。

《中國文明與魯迅的批評》，張琢著。台北：桂冠圖書公司，一九九三年五月初版。

《中國古代童話研究》，朱莉美撰。私立文化大學中國文學研究所碩士論文。一九九二年六月。

《中國兒童文學研究》，雷僑雲著。台北：台灣學生書局。一九八八年九月初版。

《中國兒童文學史略（1916~1977）》，劉緒源著。上海：上海世紀
　　出版社，二〇一三年一月初版。

《中國兒童文學理論批評史》，方衛平著。南京：江蘇少年兒童出版
　　社，一九九三年八月初版。

《中國兒童文學現象研究》，王泉根著。長沙：湖南少年兒童出版社，
　　一九九二年十月初版。

《中國兒童文學論文選（一九四九～一九八九）》，杭州：浙江少年兒
　　童出版社，一九九一年五月初版。

《中國的叛徒與隱士──周作人》，倪墨炎著。上海：上海文藝出版
　　社，一九九〇年七月初版。

《中國現代文學三十年》，錢理群、吳福輝等著。上海：上海文藝出版
　　社，一九八七年三月初版。

《中國現代文學手冊》，劉獻彪主編。北京：中國文聯出版公司，一九
　　八七年八月初版。

《中國現代文學史》，陳安湖、黃曼君主編。武漢：華中師範大學出版
　　社，一九八八年九月初版。

《中國現代文學研究叢刊》，中國現代文學研究會、中國現代文學館合
　　編。北京：作家出版社出版。

《中國現代文學發展史》，黃修己著。北京：中國青年出版社，一九九
　　四年十二月八刷。

《中國現代文學漫話》，郭志剛著。北京：知識出版社，一九八八年六
　　月一刷。

《中國現代史》，張玉法著。台北：台灣東華書局，一九八八年十月
　　九版。

《中國現代史論集》（第六輯五四運動），張玉法主編。台北：聯經出
　　版公司，一九八一年初版。

《中國現代作家與東西方文化》，吳小美等著。蘭州：蘭州大學出版
　　社，一九九〇年五月一刷。

《中國現代兒童文學文論選》，王泉根評選。南寧：廣西人民出版社，一九八九年八月初版。

《中國現代兒童文學史》，蔣風著。石家莊：河北少年兒童出版社，一九八六年六月初版。

《中國現代兒童文學史稿》，張之偉著。上海：華東師範大學出版社，一九九三年六月初版。

《中國現當代散文研究》，余樹森著。北京：北京大學出版社，一九九三年四月一刷。

《中國寓言文學史》，凝溪著。昆明：雲南人民出版社，一九九二年一月初版。

《中國童話史》，吳其南著。石家莊：河北少年兒童出版社，一九九二年八月初版。

《中國童話史》，金燕玉著。南京：江蘇少年兒童出版社，一九九二年七月初版。

《中國新文學大系》，趙家璧主編。台北：業強出版社，一九九○年三月合一版。

《中國新文學史》，司馬長風著。台北：駱駝出版社，一九八七年八月。

《中國新文學史》，周錦著。台北：逸群圖書公司。一九八三年十一月。

《中國新文學史稿》，王瑤著。上海：上海文藝出版社，一九九三年四月六刷。

《中國當代作家小傳》，樊發稼、林煥彰、何紫主編。長沙：湖南少年兒童出版社，一九九二年一月初版。

《中國歌謠論》，朱介凡著。台北：台灣中華書局，一九八四年四月再版。

《中華民國台灣地區兒童期刊目錄彙編》，洪文瓊主編。台北：中華民國兒童文學學會，一九八九年十二月初版。

《五四前後的新文化派與文化保守派——價值觀比較》，吳吉慶著。北京：中華書局，二○一一年十二月初版一刷。

《五四新文學與外國文學》，王錦厚著。成都：四川大學出版社，一九八九年十月初版。

《五四與中國》，周陽山主編。台北：時報文化公司，一九九○年十一月初版十一刷。

《五四運動史（上）》，周策縱著。台北：桂冠圖書公司，一九九三年一月初版二刷。

《五四激進主義的緣起與中國新文學的發生》，嶽凱華著。嶽麓書社，二○○六年一月初版一刷。

《少年文學論稿》，吳繼路著。北京：首都師範大學出版社，一九九四年四月初版。

《文化老人話人生》，范泉主編。上海：上海文藝出版社，一九九二年十一月一刷。

《文化的啟蒙與傳承——孫建江兒童文學文論》，孫建江著。蘭州：甘肅少年兒童出版社，一九九四年十月初版。

《文化泰斗——魯迅》，譚桂林編著。北京：中國青年出版社，一九九四年十一月初版。

《文學研究會評論資料選》，王曉明著。上海：上海華東師範大學出版社，一九九二年十二月初版。

《文學研究會評論資料選》，錢谷融主編。上海：華東師範大學出版社，一九八六年十二月一刷。

《文學研究會與中國現代文學制度》，李秀萍著。北京：中國傳媒大學出版社，二○一○年六月初版。

《文學研究會資料》，賈植芳、蘇興良等編。鄭州：河南人民出版社，一九八五年十月初版。

《文學週報》，文學研究會編。上海：上海書店影印發行，一九八四年十一月初版。

《文學語音研究論文集》，中國文學語言研究會編。上海：華東化工學院出版社，一九九一年三月一刷。

《世界童話史》，韋葦著。台北：天衛文化公司，一九九五年一月初版。

《台灣民間文學集》，李獻璋編著。台北：龍文出版社，一九八九年二月初版。

《台灣兒童文學史》，洪文瓊著。台北：傳文文化公司，一九九四年六月初版。

《台灣閩南語兒童歌謠研究》，王幸華撰。私立逢甲大學中國文學研究所碩士論文。一九九二年。

《未厭居習作》，葉聖陶著。北京：開明出版社，一九九四年七月三刷。

《冰心・溫馨小說》，卓如編選。上海：上海文藝出版社，一九九四年十二月一刷。

《冰心》，冰心著。台北：鍾馗出版社，一九八七年六月初版。

《冰心》（《中國現代作家選集》叢書），卓如著。香港：三聯書店香港分店，一九八六年九月香港第二版第一次印刷。

《冰心》，盧啟元編。台北：海風出版社，一九九四年六月三版。

《冰心文集》。上海：上海文藝出版社編輯出版，一九九三年十二月一刷。

《冰心代表作》，劉家鳴編。鄭州：河南人民出版社，一九九四年一月三刷。

《冰心全集》，卓如編。福州：海峽文藝出版社，一九九四年十二月一刷。

《冰心名作欣賞》，蒲漫汀編。北京：中國和平出版社，一九九三年六月一刷。

《冰心和兒童文學》，卓如編。上海：少年兒童出版社，一九九〇年九月一刷。

《冰心散文近作》，卓如編選。台北：業強出版社，一九九二年八月初版。

《冰心散文論》，楊昌江著。武昌：華中師範大學出版社，一九八九年七月一刷。

《冰心散文選集》，劉家鳴編。天津：百花文藝出版社，一九九五年一月二刷。

《冰心傳》，蕭鳳著。北京：北京十月文藝出版社，一九九三年七月三刷。

《冰心傳》，卓如著。上海：上海文藝出版社，一九九二年三月。二刷。

《冰心詩全編》，許正林、傅光明編。杭州：浙江文藝出版社，一九九四年五月一刷。

《冰心論創作》，吳重陽、蕭漢棟、鮑秀芬編。上海：上海文藝出版社，一九八二年十月一刷。

《（西元一九四五～一九九〇年）兒童文學大事紀要》，洪文瓊主編。台北：中華民國兒童文學學會，一九九一年六月初版。

《（西元一九四五～一九九〇年）華文兒童文學小史》，洪文瓊主編。台北：中華民國兒童文學學會，一九九一年五月初版。

《作家論》，茅盾等著。廣州：文學出版社，一九三六年四月。

《我和兒童文學》，葉聖陶等著。上海：少年兒童出版社，一九九〇年九月一刷。

《兒童文學》，林守為著。台北：五南圖書公司，一九九二年五月初版五刷。

《兒童文學》，夏冬柏、徐治嫻著。北京：科學普及出版社，一九九二年九月初版。

《兒童文學》，祝士媛著。台北：新學識文教出版中心，一九八九年十月初版。

《兒童文學史料初稿一九四五～一九八九》，邱各容著。台北：富春文化公司，一九九〇年八月台北一刷。

《兒童文學見思集》，洪文瓊著。台北：傳文文化公司，一九九四年六月初版。

《兒童文學的思想與技巧》，傅林統著。台北：富春文化公司，一九九二年八月台北第二版第一刷。

《兒童文學研究》，吳鼎著。台北：遠流出版公司，一九九一年三月初版十一刷。

《兒童文學美學》，楊實誠著。太原：山西教育出版社，一九九四年十二月初版。

《兒童文學創作論》，張清榮著。台北：富春文化公司，一九九四年七月台北第一版二刷。

《兒童文學概論》，蒲漫汀主編。成都：四川少年兒童出版社，一九九〇年十二月初版。

《兒童文學概論》，蔣風著。長沙：湖南少年兒童出版社，一九八二年五月初版。

《兒童文學論述選集》，林文寶主編。台北：幼獅文化公司，一九九一年八月三版。

《兒童文學論著索引》，馬景賢編著。台北：洪建全教育文化基金會書評書目出版社，一九七五年一月初版。

《兒童文學簡論》，陳伯吹著。武漢：長江文藝出版社，一九五七年十月初版。

《兒童圖書的推廣與應用》，洪文瓊著。台北：傳文文化公司，一九九四年六月初版。

《兒童讀物研究》，司琦著。台北：台灣商務印書館，一九九三年六月再版。

《周作人》（《中國現代作家選集》叢書），張梁編著。香港：三聯書店，一九九四年十一月初版。

《周作人傳》，錢理群著。北京：北京十月文藝出版社，一九九四年五月三版。

《周作人全集》。台北：藍燈文化公司，一九八二年十一月初版。

《周作人研究資料》，張菊香、張鐵榮編。天津：人民出版社，一九八六年十一月初版。

《周作人與兒童文學》，王泉根編。杭州：浙江少年兒童出版社，一九
　　八五年八月初版。

《周作人論》，陶明志編。上海：上海書店影印出版，一九八七年三月
　　初版。

《周作人論》，錢理群著。上海：上海人民出版社，一九九三年五月
　　二版。

《周作人論》，錢理群著。台北：萬象圖書公司，一九九四年一月
　　初版。

《知堂回想錄》，周作人著。香港：三育圖書文具公司，一九七四年四
　　月初版。

《「社會處方」總覽──魯迅對傳統文化的解剖》，張琢著。西安：陝
　　西人民出版社，一九九一年一月初版。

《近代文學與魯迅》，牛仰山著。南寧：漓江出版社，一九九一年五月
　　初版。

《看雲集》，梁實秋著。台北：志文出版社，一九七四年三月初版。

《重回五四起跑線》，丁帆著。北京：人民文學出版社，二〇〇四年一
　　月初版。

《胡風論魯迅》，陳鳴樹、劉祥發編著。台北：谷風出版社，一九八七
　　年七月初版。

《胡適文存》，胡適著。台北：遠東出版公司，一九九〇年四月版。

《茅盾》（《中國現代作家選集》叢書），莊中慶編。香港：三聯書店
　　香港分社，一九八二年十一月初版。

《茅盾和兒童文學》，孔海珠編。南京：少年兒童出版社，一九九〇年
　　十一月初版。

《茅盾的童心》，金燕玉著。南京：南京出版社，一九九〇年六月初版。

《茅盾談話錄》，金韻琴著。上海：上海書店，一九九三年十三月初版。

《海市蜃樓與大漠綠洲》，楊奎松、董士偉著。上海：上海人民出版
　　社，一九九一年十月初版。

《臭老九、酸老九、香老九》，黃偉經、謝日新著。北京：花城出版社，一九九三年十二月一刷。

《寄小讀者》，冰心著。台北：金安出版社，一九九三年三月初版。

《淺語的藝術》，林良著。台北：國語日報社。一九九二年六月四版。

《現代文壇短箋》，倪墨炎著。上海：學林出版社，一九九四年三月出版。

《現代文學縱橫談》，蔡清富著。北京：北京師範大學出版社，一九九二年八月初版。

《現代兒童文學的先驅》，王泉根著。上海：文藝出版社，一九八七年九月初版。

《被褻瀆的魯迅》，孫郁編。北京：群言出版社，一九九四年十月初版。

《速寫與隨筆》，茅盾著。北京：開明出版社，一九九四年七月。三刷。

《陳伯吹研究專集》，張黛芬、文秀明編。上海：上海少年兒童出版社，一九九〇年五月初版。

《陶行知和兒童文學》，李楚材編寫。上海：上海少年兒童出版社，一九九〇年十一月初版。

《寓言學概論》，薛賢榮著。合肥：安徽少年兒童出版社，一九九一年八月初版。

《無法直面的人生——魯迅》，王曉明著。台北：業強出版社，一九九四年五月初版二刷。

《敦煌兒童文學》，雲僑雲著。台北：台灣學生書局，一九九〇年三月初版二刷。

《童話與兒童研究》，松村武雄著。台北：新文豐公司，一九七八年九月初版。

《童話學》，洪汛濤著。台北：富春文化公司，一九八九年九月台北一刷。

《童話學》，洪汛濤著。合肥：安徽少年兒童出版社，一九八六年十二月初版。

《國語的文學與文學的國語──五四時期白話文學文獻史》，魏建主
　　編。北京：人民出版社，二〇一三年十月初版。

《揚棄「五四」：新啟蒙運動研究》，李亮著。上海：上海三聯書店，
　　二〇一二年十二月初版。

《評魯迅》，胡適、林語堂等著。台北：喜年來出版社，不著出版年月。

《閑適渡滄桑──周作人》，蕭同慶編著。北京：中國青年出版社，一
　　九九四年十二月初版。

《新中國思想史》，張豈之著。台北：水牛圖書公司，一九九二年六月
　　初版。

《新文學史料》。北京：人民文學出版社《新文學史料》編輯組編輯
　　出版。

《當代中國文學概觀》，張鐘著。北京：北京大學出版社，一九九一年
　　三月四刷。

《當代中國作家風貌》，彥火著。香港：天地圖書公司，一九八九年八
　　月再版。

《當代魯迅研究史》，袁良駿著。長沙：陝西人民出版社，一九九二年
　　一月初版。

《經濟起飛為兒童文學帶來什麼》，中國海峽兩岸兒童文學研究會編
　　印。台北：一九九五年十一月。

《葉聖陶集》，葉至善、葉至美、葉至誠編。南京：江蘇教育出版社，
　　一九九三年五月初版。

《葉聖陶新論》，萬嵩著。蘭州：蘭州大學出版社，一九九一年一月
　　初版。

《論兒童詩》，陳子君、賀嘉、樊發稼著。南寧：廣西人民出版社，一
　　九八八年十二月初版。

《論童話寓言》，陳子君、賀喜、樊發稼主編。天津：新蕾出版社，一
　　九八九年一月初版。

《論魯迅的雜文創作》，吳中杰著。南京：江蘇文藝出版社，一九八八
　　年十二月初版。

《鄭振鐸》，鄭爾康著。北京：文物出版社，一九九〇年七月初版。

《鄭振鐸》（《中國現代作家選集》叢書），鄭爾康著。香港：三聯書店香港分店，一九八六年九月初版。

《鄭振鐸和兒童文學》，鄭爾康、盛巽昌著。上海：少年兒童出版社，一九九〇年十一月初版。

《鄭振鐸傳》，陳福康著。北京：北京十月文藝出版社，一九九四年八月初版。

《鄭振鐸論》，陳福康著。北京：商務印書館，一九九一年六月出版。

《魯迅文化思想探索》，金宏達著。北京：北京師範大學出版社，一九八六年八月初版。

《魯迅正傳》，鄭學稼著。台北：時報文化出版社，一九八七年八月六刷。

《魯迅在世界文學上的地位》，戈寶權著。西安：陝西人民出版社，一九八一年七月初版。

《魯迅全集》，北京：人民文學出版社，一九九一年五刷。

《魯迅年譜稿》，蒙樹宏編著。南寧：廣西師範大學出版社，一九八八年八月初版。

《魯迅的思想和藝術新論》，包忠文著。南京：南京出版社，一九八九年八月初版。

《魯迅的論辯藝術》，李永壽著。西安：陝西人民出版社，一九八八年五月初版。

《魯迅研究叢書——珍貴的紀念》，征農編撰。西安：陝西人民出版社，一九八一年四月初版。

《魯迅教育思想研究》，孫世哲著。瀋陽：遼寧教育出版社，一九八八年八月初版。

《魯迅評傳》，吳俊著。南昌：百花洲文藝出版社，一九九三年八月二刷。

《魯迅評傳》，聚仁原著。不著出版者及出版年月。

《魯迅傳》，林志浩著。北京：北京十月文藝出版社，一九九二年七月
　　五刷。

《魯迅與中外文化》，江蘇省魯迅研究學會編。南京：江蘇教育出版
　　社，一九八八年八月初版。

《魯迅與中國兒童文學的發展》，嚴吳嬋霞著。澳門東亞大學研究院中
　　文系碩士論文。一九八七年。

《魯迅與阿Q正傳》，茶陵主編。台北：四季出版社，一九八一年十月
　　初版。

《學習與紀念》，河南省紀念魯迅誕生一百周年委員會編選。鄭州：河
　　南人民出版社，一九八二年二月初版。

《燦若繁星──冰心傳》，卓如著。台北：業強出版社，一九九三年五
　　月初版二刷。

《艱辛的人生──茅盾傳》，沈衛威著。台北：業強出版社，一九九一
　　年十月初版。

《豐子愷研究資料》，豐華瞻、殷琦著。寧夏：寧夏人民出版社，一九
　　八八年十一月初版。

《豐子愷童話集》，林文寶編。台北：洪範書店，一九九五年二月初版。

《關於女人》，冰心著。北京：開明出版社，一九九四年七月三刷。

《關於魯迅》，梁實秋著。台北：傳記文學出版社，一九八八年一月
　　再版。

《譚嗣同全集》，蔡尚思、方行編。北京：中華書局，一九八一年一月
　　增訂一版。

《蘇聯兒童文學》，（蘇）格列奇什尼科娃著；張翠英、丁酉成譯。北
　　京：中國青年出版社，一九五六年十一月初版。

《覺世與傳世──梁啟超的文學道路》，夏曉虹著。上海：人民出版
　　社，一九九二年五月二刷。

二、期刊論文部分

〈小詩試論〉，劉福春撰。載於《中國現代文學研究叢刊》，一九八二
　　年第一輯。

〈文學研究會與兒童文學運動〉，林文寶撰。載於《國教之聲》，第二
　　十八卷第三期。

〈世界兒童文學中的一支奇葩——加拿大寫實動物故事〉，蒲隆撰。載
　　於《蘭州大學學報》（社會科學版），一九九三年四月。

〈他山之石，可以攻錯〉，邱各容撰。載於《國文天地》，一九八九年
　　六月五卷一期。

〈台灣地區兒童文學論述譯著書目（上）〉（民國三十八年～七十七
　　年），林文寶撰。載於《國文天地》，一九八九年六月五卷二期。

〈台灣地區兒童文學論述譯著書目（下）〉（民國三十八年～七十七
　　年），林文寶撰。載於《國文天地》，一九八九年七月五卷一期。

〈冰心與基督教——析冰心「愛的哲學」的建立〉，王學富撰。載於
　　《中國現代文學研究叢刊》，一九九四年第三輯。

〈冰心簡論〉，趙鳳翔撰。載於《中國現代文學研究叢刊》，一九八○
　　年第一輯。

〈在月光下織錦的人——訪林良先生談兒童文學〉，陳毓璞記錄載於
　　《國文天地》，一九八九年六月五卷一期。

〈我們都是白雪公主？——對當前童話教學的一些省察〉，李漢偉撰。
　　載於《國文天地》，一九八九年六月五卷一期。

〈兒童文學在師範院校的未來發展〉，徐守濤撰。載於《國文天地》，
　　一九八九年六月五卷一期。

〈兒童的文學欣賞與寫作〉，吳當撰。載於《國文天地》，一九八九年
　　六月五卷一期。

〈具有開創性的冰心景象──冰心文學創作七十年學術討論會側記〉，
　　乙撰。載於《中國現代文學研究叢刊》，一九九一年第一期。
〈拓荒者的傑出貢獻──茅盾與新文學的現實主義〉邵伯周撰。載於
　　《中國現代文學研究叢刊》，一九八二年十二月第四輯。
〈知識婦女求解放的衝突與互補──丁玲、冰心早期小說比較論〉，唐
　　仁君撰。載於《中國現代文學研究叢刊》，一九九〇年，第二輯。
〈為探索人生而煩悶的愛的哲理家──《冰心評傳》之一章〉，范伯
　　群、曾華鵬撰。載於《中國現代文學研究叢刊》，一九九一年第
　　三輯。
〈紀念沈雁冰同志〉，孫席珍撰。載於《中國現代文學研究叢刊》，一
　　九八一年九月第三輯。
〈茅盾文學思想研究的新成果──讀《論茅盾的早期文學思想》〉，黎
　　舟撰。載於《中國現代文學研究叢刊》，一九八九年八月第三輯。
〈茅盾早期思想研究中若干問題商兌〉，丁柏銓撰。載於《中國現代文
　　學研究叢刊》，一九八四年十二第四輯。
〈茅盾兒童小說初探〉，金燕玉撰。載於《中國現代文學研究叢刊》，
　　一九八四年十二月第四輯。
〈茅盾的資料二則〉，艾揚撰。載於《中國現代文學研究叢刊》，一九
　　八四年三月第一輯。
《從兒童心理學到發展心理學〉，林崇德撰。載於《北京師範大學學
　　報》（社會科學版），一九九四年第一期。
〈理智與感情──論茅盾對藝術的選擇〉，超冰撰。載於《中國現代文
　　學研究叢刊》，一九八九年十一月第四輯。
〈略論五四小說中的「母愛」〉，閻晶明撰。載於《中國現代文學研究
　　叢刊》，一九八六年第三輯。
〈訪旅美兒童文學家葉詠琍女士〉，雷僑雲採訪。載於《國文天地》，
　　一九八九年六月五卷一期。
〈開拓我國童話創作的路──《稻草人》漫評〉，商金林撰。載於《中
　　國現代文學研究叢刊》，一九九四年第三輯。

〈新文學第一代開拓者冰心〉，閻純德撰。載於《新文學史料》，一九
　　八一年第四輯。

〈當前兒童文學的大趨勢〉，陳木城撰。載於《國文天地》，一九八九
　　年六月五卷一期。

〈落實兒童文學教育方法的芻議〉，林政華撰。載於《國文天地》，一
　　九八九年六月五卷一期。

〈試論冰心「愛的哲學」──冰心早期作品初探〉，馬璧玲撰。載於
　　《中國現代文學研究叢刊》，一九八二年第三輯。

〈寡母撫孤現象對中國現代作家的影響──對胡適、魯迅、茅盾、老
　　舍童年經歷的一種理解〉，謝泳撰。載於《中國現代文學研究叢
　　刊》，一九九二年八月第三輯。

〈論兒童文學民族特點的主要體現〉，張錦貽撰。載於《內蒙古社會科
　　學》，一九九三年第二期。

〈論葉聖陶建國前的散文創作〉，朱文華撰。載於《中國現代文學研究
　　叢刊》，一九九二年第四輯。

〈論葉聖陶短篇小說的藝術特色〉，楊義撰。載於《中國現代文學研究
　　叢刊》，一九八〇年第三輯。

〈鄭振鐸筆名、別名輯錄箋注〉，陳福康撰。載於《新文學史料》，一
　　九八六年第一輯。

〈鄭振鐸與《小說月報》的變遷〉，高君篪撰。載於《新文學史料》，
　　一九七九年五月第三輯。

〈鄭振鐸與文學研究會〉，陳福康撰。載於《新文學史料》，一九八九
　　年第四輯。

〈魯迅先生的母親談魯迅先生〉，俞芳撰。載於《新文學史料》，一九
　　七九年八月第四輯。

〈關於文學研究會〉，冰心撰。載於《中國現代文學研究叢刊》，一九
　　九二年第二輯。

〈關於父親〉，葉至誠撰。載於《新文學史料》，一九八八年第三輯。

〈屬於她們的「真、善、美」世界——論五四女作家群「愛的哲學」及其藝術表現〉，錢虹撰。載於《中國現代文學研究叢刊》，一九八八年第一輯。

附錄
〈中國兒童文學一九○○年～一九三六年重要論著繫年稿〉

1. 〈連環圖畫小說〉，茅盾撰。一九三二年十二月發表於《文學周報》一卷五、六期。
2. 《玉蟲緣》，周作八譯。一九○四年《小說林》雜誌社出版。
3. 〈孤兒記〉，周作人撰。一九○六年發表於《小說林》雜誌。
4. 〈安樂王子〉，周作人譯。一九○九年二月收入《域外小說集》。
5. 〈童話研究〉，周作人撰。一九一二年六月發表於紹興《民興日報》。
6. 〈童話略論〉，周作人撰。一九一二年六月發表於紹興《民興日報》。
7. 〈丹麥詩人安兒爾然傳〉，周作人撰。一九一三年十二月發表於紹興《社叢書》。
8. 〈兒歌之研究〉，周作人撰。一九一四年一月發表於《紹興縣教育會月刊》。
9. 〈徵求紹興兒歌童話啟〉，周作人撰。一九一四年二月發表於《紹興縣教育會月刊》。
10. 〈古童話釋義〉，周作人撰。一九一四年七月發表於《紹興縣教育會月刊》。
11. 〈三百年後孵化之卵〉，茅盾譯。一九一七年發表於《學生雜誌》四卷一、二、四號。
12. 《中國寓言初編》，茅盾編。一九一七年十月商務印書館出版。
13. 〈兩月中之建築譚〉，茅盾譯。一九一八年發表於《學生雜誌》五卷一、四、八、九號。

14. 〈履人傳〉、〈縫工傳〉，茅盾編。一九一八年發表於《學生雜誌》五卷四、六號與九、十號。
15. 《衣》、《食》、《住》，茅盾譯。一九一八年四月商務印書館出版。
16. 〈二十世紀後之南極〉，茅盾譯。一九一八年發表於《學生雜誌》五卷七號。
17. 《大槐國》，茅盾著。一九一八年六月商務印書館出版。
18. 《千匹絹》，茅盾著。一九一八年七月商務印書館出版。
19. 《負骨報恩》，茅盾著。一九一八年七月商務印書館出版。
20. 《獅騾訪豬》，茅盾菩。一九一八年八月商務印書館出版。
21. 〈讀〈十之九〉〉，周作人撰。一九一八年九月發表於《新青年》第五卷第三期。
22. 《平和會議》，茅盾著。一九一八年九月商務印書館出版。
23. 《尋快樂》，茅盾著。一九一八年十一月商務印書館出版。
24. 《驢大哥》，茅盾著。一九一八年十一月商務印書館出版。
25. 〈人的文學〉，周作人撰。一九一八年十二月發表於《新青年》第五卷第六期。
26. 《蛙公主》，茅盾著。一九一九年一月商務印書館出版。
27. 《兔娶婦》，茅盾著。一九一九年一月商務印書館出版。
28. 《書呆子》，茅盾著。一九一九年三月商務印書館出版。
29. 《金龜》，茅盾著。一九一九年五月商務印書館出版。
30. 《一段麻》，茅盾著。一九一九年五月商務印書館出版。
31. 《樹中餓》，茅盾著。一九一九年六月商務印書館出版。
32. 《牧羊郎官》，茅盾著。一九一九年六月商務印書館出版。
33. 《海斯交運》，茅盾著。一九一九年七月商務印書館出版。
34. 〈我們現在怎樣做父親〉，魯迅撰。一九一九年十月發表於《新青年》月刊第六卷第六號。
35. 〈萬卡〉，茅盾譯。一九一九年十二月發表於《時事新報‧學燈》。
36. 〈莊鴻的姊姊〉，冰心撰。一九一九年十二月發表於《晨報》。

37.〈童子林的奇跡〉，周作人譯。一九一九年發表於《新青年》第四卷第三期。

38.〈空大鼓〉，周作人譯。一九一九年發表於《新青年》第五卷第五期。

39.〈楊尼思老爹和他驢子的故事〉，周作人譯。一九一九年發表於《新青年》第五卷第三期。

40.〈賣火柴的女孩〉，周作人譯。一九一九年發表於《新青年》第六卷第一期。

41.〈第一次飛渡大西洋的的R43號〉、〈探「極」的潛艇〉，茅盾著。一九一九年發表於《學生雜誌》六卷十二號。

42.〈世界上有的是快樂……光明〉，冰心撰。一九二〇年三月發表於《燕大季刊》第一卷一期。

43.〈最後的安息〉，冰心撰。一九二〇年三月發表於《晨報》。

44.〈骰子〉，冰心撰。一九二〇年四月發表於《晨報》。

45.〈一個兵丁〉，冰心撰。一九二〇年六月發表於《晨報》。

46.〈一隻小鳥〉，冰心撰。一九二〇年八月發表於《晨報》。

47.〈三兒〉，冰心撰。一九二〇年九月發表於《晨報》。

48.《飛行鞋》，茅盾著。一九二〇年十月商務印書館出版。

49.〈兒童的文學〉，周作人撰。一九二〇年十月發表於《新青年》第八卷第四期。

50.〈魚兒〉，冰心撰。一九二〇年十二月發表於《晨報》。

51.〈沈船？寶藏？探「寶」潛艇！〉，茅盾撰。一九二〇年發表於《學生雜誌》七卷一號。

52.〈小兒心病治療法〉，茅盾撰。一九二〇年發表於《婦女雜誌》六卷一號。

53.〈生物界之奇譚〉，茅盾撰。一九二〇年發表於《婦女雜誌》六卷二號。

54.〈譚天——新發現的星〉，茅盾撰。一九二〇年發表於《學生雜誌》七卷二號。

55. 〈將來的育兒問題〉，茅盾撰。一九二〇年發表於《婦女雜誌》，六卷二號。

56. 〈腦相學的新說明〉、〈關於味覺的新發現〉，茅盾撰。一九二〇年發表於《學生雜誌》七卷三號。

57. 〈人工降雨〉，茅盾撰。一九二〇年發表於《學生雜誌》七卷四號。

58. 〈天河與人類的關係〉、〈時間空間新概念〉，茅盾撰。一九二〇年發表於《學生雜誌》七卷七號。

59. 〈評兒童公育——兼質惲、楊二君〉，茅盾撰。一九二〇年發表於《解放與改造》二卷十五號。

60. 〈航空授命傘〉，茅盾撰。一九二〇年發表於《學生雜誌》七卷八號。

61. 〈猴語研究底現在和將來〉，茅盾撰。一九二〇年發表於《學生雜誌》七卷九號。

62. 〈火山——地球上的火山月球上的火山和實驗室裡的火山〉，茅盾撰。一九二〇年發表於《學生雜誌》七卷十號。

63. 〈理工學生在校記〉，茅盾撰。一九二〇年發表於《學生雜誌》七卷七～十二號，八卷二～三號。

64. 〈國旗〉，冰心撰。一九二一年一月發表於《晨報》。

65. 〈趕緊創作適於兒童的文藝品〉，葉聖陶撰。一九二一年三月發表於《晨報·副刊》。

66. 〈兒童的想像和感情〉，葉聖陶撰。一九二一年三月發表於《晨報·副刊》。

67. 〈法律以外的自由〉，冰心撰。一九二一年四月發表於《燕大季刊》第二卷一、二期合刊。

68. 〈海上〉，冰心撰。一九二一年六月發表於《燕大季刊》第二卷。

69. 〈可愛的〉，冰心撰。一九二一年六月發表於《晨報》。

70. 〈多多為兒童創作〉，葉聖陶撰。一九二一年六月發表於《晨報·副刊》。

71. 〈愛的實現〉，冰心撰。一九二一年七月發表於《小說月報》十二卷七號。

72. 〈《兒童世界》宣言〉，鄭振鐸撰。一九二一年九月發表於《時事新報・學燈》。

73. 〈夢〉，冰心撰。一九二一年十月發表於《小說月報》十四卷四號。

74. 〈最後的使者〉，冰心撰。一九二一年十一月發表於《小說月報》十二卷十一號。

75. 〈離家的一年〉，冰心撰。一九二一年十一月發表於《小說月報》十二卷十一號。

76. 〈皇帝之新衣〉，周作人譯。一九二一年收入《域外小說集》。

77. 〈海外文壇消息・神仙故事集匯志——捷克斯洛伐克、波蘭、愛爾蘭等處的神話〉，茅盾撰。一九二一年發表於《小說月報》十二卷六號。

78. 〈兒歌〉、〈小孩〉、〈路上所見〉，周作人著。一九二二年一月收入《雪朝》新詩集。

79. 〈童話討論〉一九二二年周作人與趙景深以書信形式在《晨報・副刊》展開童話討論，分別發表於一月二十五目、二月十二日、三月二十八日、二十九日、四月九日。

80. 〈回顧〉，冰心撰。一九二二年四月發表於《時事新報・學燈》。

81. 〈《愛羅先珂童話集》序〉，魯迅撰。一九二二年七月載於《文學研究會叢書》之一《愛羅先珂童話集》。

82. 〈寂寞〉，冰心撰。一九二二年七月發表於《小說月報》十三卷九號。

83. 〈紀事——贈小弟冰季〉，冰心撰。一九二二年八月發表於《晨報・副鐫》。

84. 〈皇帝的衣服〉，茅盾撰。一九二三年一月發表於《小說世界》一卷三期。

85. 〈給兒童世界的小讀者〉（通訊一），冰心撰。一九二三年七月發表於《晨報・兒童世界》。

86. 〈寄兒童世界的小讀者〉（通訊二），冰心撰。一九二三年七月發表於《晨報・兒童世界》。

87. 〈寄兒童世界的小讀者〉（通訊三），冰心撰。一九二三年八月發表於《晨報‧兒童世界》。

88. 〈寄兒童世界的小讀者〉（通訊四），冰心撰。一九二三年八月發表於《晨報‧兒童世界》。

89. 〈寄兒童世界的小讀者〉（通訊五），冰心撰。一九二三年八月發表於《晨報‧兒童世界》。

90. 〈寄兒童世界的小讀者〉（通訊六），冰心撰。一九二三年八月發表於《晨報‧兒童世界》。

91. 〈寄兒童世界小讀者〉（通訊七），冰心撰。一九二三年八月發表於《晨報‧兒童世界》。

92. 〈《稻草人》序〉，鄭振鐸撰。一九二三年八月原載於《稻草人》。

93. 〈寄兒童世界小讀者〉（通訊八），冰心撰。一九二三年十月發表於《晨報‧兒童世界》。

94. 〈寄兒童世界小讀者壇序〉（通訊），冰心撰。一九二三年十月發表於《晨報‧兒童世界》。

95. 〈寄給父親的一封信〉（通訊九），冰心撰。一九二三年十一月發表於《晨報‧兒童世界》。

96. 〈寄兒童世界小讀者〉（通訊十），冰心撰。一九二三年十二月發表於（晨報‧兒童世界）。

97. 〈寄兒童世界小讀者〉（通訊十一），冰心撰。一九二三年十二月發表於《晨報‧兒童世界》。

98. 〈寄兒童世界小讀者〉（通訊十二），冰心撰。一九二三年十二月發表於《晨報‧兒童世界》。

99. 《自己的園地》，周作人著。一九二三年晨報社出版，共收文五十六篇，其中有關兒童文學的文章有十篇：〈兒童的書〉、〈神話與傳說〉、〈謎語〉、〈阿麗思漫遊奇境記〉、〈王爾德神話與傳說〉、〈謎語〉、〈阿麗思漫遊奇境記〉、〈王爾德童話〉、〈法布爾〈昆蟲記〉〉、〈歌詠兒童的文學〉、〈兒童劇〉、〈明譯伊索寓言〉、〈再關於伊索〉。

100.《土之盤筵》，周作人著。一九二三年出版。

101.〈神話的辯護〉，周作人撰。一九二四年一月發表於《晨報・副刊》。

102.〈寄兒童世界小讀者〉（通訊十三），冰心撰。一九二四年一月發表於《晨報・兒童世界》。

103.〈寄兒童世界小讀者〉（通訊十四），冰心撰。一九二四年一月發表於《晨報・兒童世界》。

104.〈海外文壇消息・最近的兒童文學〉，茅盾撰。一九二四年一月發表於《小說月報》十五卷一號。

105.〈六一姐〉，冰心撰。一九二四年三月發表於《小說月報》十五卷六號。

106.〈寄兒童世界小讀者〉（通訊十五），冰心撰。一九二四年三月發表於《晨報・兒童世界》。

107.〈寄兒童世界小讀者〉（通訊十六），冰心撰。一九二四年三月發表於《晨報・兒童世界》。

108.〈寄兒童世界小讀者〉（通訊十七），冰心撰。一九二四年五月發表於《晨報・兒童世界》。

109.〈寄兒童世界小讀者〉（通訊十八），冰心撰。一九二四年六月發表於《晨報・兒童世界》。

110.〈寄兒童世界小讀者〉（通訊十九），冰心撰。一九二四年七月發表於《晨報・兒童世界》。

111.〈寄兒童世界小讀者〉（通訊二十），冰心撰。一九二四年七月發表於《晨報・兒童世界》。

112.〈寄兒童世界小讀者〉（通訊二十一），冰心撰。一九二四年七月發表於《晨報・兒童世界》。

113.〈山中雜記──遙寄小朋友〉，冰心撰。一九二四年八月發表於《晨報・副鎸》。

114.〈寄兒童世界小讀者〉（通訊二十二），冰心撰。一九二四年八月發表於《晨報・兒童世界》。

115.〈寄兒童世界小讀者〉（通訊二十三），冰心撰。一九二四年八月發表於《晨報・兒童世界》。

116.〈寄兒童世界小讀者〉（通訊二十四），冰心撰。一九二四年八月發表於《晨報・兒童世界》。

117.〈別後〉，冰心撰。一九二四年九月發表於《小說月報》十五卷九號。

118.〈普洛末修偷火的故事〉，茅盾撰。一九二四年九月發表於《兒童世界》十一卷十一期。

119.〈何以這世界上有煩惱〉，茅盾撰。一九二四年九月發表於《兒童世界》十二卷二期。

120.〈洪水〉，茅盾撰。一九二四年九月發表於《兒童世界》十二卷三期。

121.〈春的復歸〉，茅盾撰。一九二四年九月發表於《兒童世界》十二卷四期。

122.〈番松和太陽神的車子〉，茅盾撰。一九二四年九月發表於《兒童世界》十二卷五期。

123.〈迷達斯的長耳朵〉，茅盾撰。一九二四年九月發表於《兒童世界》十二卷六期。

124.〈卡特牟司和毒龍〉，茅盾撰。一九二四年九月發表菸《兒童世界》十二卷七期。

125.〈勃萊洛封和他的神馬〉，茅盾撰。一九二四年九月發表於《兒童世界》十三卷二～三期。

126.〈驕傲的阿拉克納怎樣被罰〉，茅盾撰。一九二四年九月發表於《兒童世界》十三卷四期。

127.〈耶松與金羊毛〉，茅盾撰。一九二四年九月發表於《兒童世界》十三卷五～六期。

128.〈《天鵝》序〉，葉聖陶撰。一九二四年十二月發表於《文學》一五〇期。

129.〈喜芙的金黃頭髮〉，茅盾撰。一九二五年二月發表於《兒童世界》十三卷九期、十三卷十期。

130.〈亞麻的發現〉，茅盾撰。一九二五年二月發表於《兒童世界》十三卷十一期。

131.〈寄兒童世界小讀者〉（通訊二十五），冰心撰。一九二五年二月發表於《晨報・副鐫》。

132.〈芬利思的被擒〉，茅盾撰。一九二五年三月發表於《兒童世界》十三卷十二期。

133.〈青春的蘋果〉，茅盾撰。一九二五年三月發表於《兒童世界》十三卷十三期。

134.〈為何海水味鹹〉，茅盾撰。一九二五年四月發表於《兒童世界》十四卷二期。

135.〈雜憶〉，魯迅撰。一九二五年六月發表於《莽原》周刊第九期。

136.〈《印度寓言》序〉，鄭振鐸撰。一九二五年七月原載於《印度寓言集》。

137.〈《萊森寓言》序〉，鄭振鐸撰。一九二五年七月原載於《萊森寓言集》。

138.〈《列那狐的歷史》序〉，鄭振鐸撰。一九二五年八月原載於《小說月報》十六卷八號。

139.〈文藝的新生命〉，茅盾撰。一九二五年八月發表於《文學周報》第一八五、一八六期。

140.〈《小說月報・安徒生號（上）》卷頭語〉，鄭振鐸撰。一九二五年八月原載於《小說月報》十六卷八號。

141.〈安徒生的作品及關於安徒生的參考書籍〉，鄭振鐸撰。一九二五年八月原載於《小說月報》十六卷八號。

142.〈《小說月報・安徒生號（下）》卷頭語〉，鄭振鐸撰。一九二五年九月原載於《小說月報》十六卷九號。

143.〈寄兒童世界小讀者〉（通訊二十六），冰心撰。一九二五年九月發表於《晨報・副鐫》。

144.〈騾子〉，鄭振鐸撰。一九二五年十月發表於《兒童世界》一卷三期。

145.〈《高加索民間故事》序〉，鄭振鐸撰。一九二五年十一月原載於《高加索民間故事》。

146.〈寄兒童世界小讀者〉（通訊二十七），冰心撰。一九二六年三月發表於《晨報·副鐫》。

147.〈朝露〉，鄭振鐸撰。一九二六年四月發表於《小說月報》十七卷三號。

148.《二十四孝圖》，魯迅撰。一九二六年五月發表於《莽原》半月刊第一卷十期。

149.〈介紹《列那狐的歷史》〉，鄭振鐸撰。一九二六年六月原載於《小說月報》十七卷六號。

150.〈寄兒童世界小讀者〉（通訊二十九），冰心撰。一九二六年八月發表於《晨報·副鐫》。

151.〈《寄小讀者》四版自序〉，冰心撰。一九二七年三月發表於《晨報·副鐫》。

152.〈老虎婆婆〉，鄭振鐸撰。一九二七年五月發表於《小說月報》二十卷五期。

153.〈分〉，冰心撰。一九三一年八月發表於《新月》三卷十一期。

154.〈貴族與狐〉，鄭振鐸撰。一九三二年一月發表於《兒童世界》二十九卷一期。

155.《兒童文學小論》，周作人著。一九三二年二月兒童書局出版收錄了周作人自一九一三年以來發表的有關兒童文學的主要文章共十一篇：〈童話略論〉、〈童話研究〉、〈古童話釋義〉、〈兒歌之研究〉、〈兒童的文學〉、〈神話與傳說〉、〈歌謠〉、〈兒童的書〉、〈科學小說〉、〈呂坤的〈演小兒語〉〉、〈讀《童謠大觀》〉。

156.《兒童劇》，周作人譯。一九三二年十一月兒童書局出版，內有兩篇序文，六齣童話劇：〈老鼠會議〉、〈鄉間的老鼠和京城的老

鼠〉、〈賣紗帽的與猴子〉、〈鄉鼠與城鼠〉、〈青蛙教授的講演〉、〈公雞與母雞〉。

157.〈列那狐的歷史〉，鄭振鐸撰。一九三二年十一月原載於《英國的神仙故事》上海新中國書局初版。

158.〈給他們看什麼好呢〉、〈孩子們要求新鮮〉，茅盾撰。一九三三年五月發表於《申報·自由談》。

159.〈論兒童讀物〉，茅盾撰。一九三三年六月發表於《申報·自由談》。

160.〈怎樣養成兒童的發表能力〉，茅盾撰。一九三三年七月發表於《申報·自由談》。

161.〈我們怎樣教育兒童的？〉，魯迅撰。一九三三年八月發表於《申報·自由談》。

162.〈對於《小學生文庫》的意見〉，茅盾撰。一九三三年十月發表於《申報·自由談》。

163.〈阿四的故事〉，茅盾撰。一九三三年十一月發表於《太白》一卷六期。

164.〈冬兒姑娘〉，冰心撰。一九三三年十一月發表於《文學季刊》創刊號。

165.〈兒童讀物問題〉，鄭振鐸撰。一九三四年五月發表於《大公報》。

166.〈看圖識字〉，魯迅撰。一九三四年七月發表於《文學季刊》第三期。

167.〈寓言的復興〉，鄭振鐸撰。一九三四年十二月原載於《痀僂集》。

168.〈關於兒文學〉，茅盾撰。一九三五年二月發表於《文學》四卷二號。

169.〈《表》譯者的話〉，魯迅撰。一九三五年三月發表於《譯文》月刊第二卷第一期。

170.〈書報評述·幾本兒童雜誌〉，茅盾撰。一九三五年三月發表於《文學》四卷三號。

171. 〈讀安徒生〉，茅盾撰。一九三五年四月發表於《世界文學》一卷四號。

172. 〈中國兒童讀物的分析〉，鄭振鐸撰。一九三五年六月發表於《文學》七卷一號。

173. 〈《給少年者》序〉，葉聖陶撰。一九三五年九月載於生活書店出版的《給少年者》一書。

174. 〈少年印刷工〉，茅盾撰。一九三六年一月發表於《新少年》創刊號至二卷十一期。

175. 〈再談兒童小說〉，茅盾撰。一九三六年五月發表於《文學》六卷一號。

176. 〈大鼻子的故事〉，茅盾撰。一九三六年五月發表於《文學》七卷一號。

177. 〈不要你哄〉，茅盾撰。一九三六年五月發表於《文學》六卷一號。

178. 〈兒子開會去了〉，茅盾撰。一九三六年六月發表於《光明》創刊號。

179. 《兒童文學在蘇聯》，茅盾撰。一九三六年七月發表於《文學》七卷一號。

180. 〈好玩的孩子〉，茅盾撰。一九三六年九月發表於《中流》一卷二期。

語言文學類　PC0450　文學視界29

被發現的兒童
——中國近代兒童文學拓荒史

作　　　者 / 方麗娟
責 任 編 輯 / 陳佳怡
圖 文 排 版 / 楊家齊
封 面 設 計 / 蔡瑋筠

發 行 人 / 宋政坤
法 律 顧 問 / 毛國樑　律師
出 版 發 行 / 秀威資訊科技股份有限公司
　　　　　　114台北市內湖區瑞光路76巷65號1樓
　　　　　　電話：+886-2-2796-3638　傳真：+886-2-2796-1377
　　　　　　http://www.showwe.com.tw
劃 撥 帳 號 / 19563868　戶名：秀威資訊科技股份有限公司
　　　　　　讀者服務信箱：service@showwe.com.tw
展 售 門 市 / 國家書店（松江門市）
　　　　　　104台北市中山區松江路209號1樓
　　　　　　電話：+886-2-2518-0207　傳真：+886-2-2518-0778
網 路 訂 購 / 秀威網路書店：http://www.bodbooks.com.tw
　　　　　　國家網路書店：http://www.govbooks.com.tw

2015年5月　BOD一版
定價：310元
版權所有　翻印必究
本書如有缺頁、破損或裝訂錯誤，請寄回更換

國家圖書館出版品預行編目

被發現的兒童:中國近代兒童文學拓荒史/方麗娟
著. -- 一版. -- 臺北市:秀威資訊科技,
2015.05
　面;　　公分. -- (史地傳記類;PC0450)
BOD版
ISBN 978-986-326-334-0 (平裝)

1. 中國當代文學　2. 兒童文學

820.908　　　　　　　　　　　　　104003793

讀 者 回 函 卡

感謝您購買本書，為提升服務品質，請填妥以下資料，將讀者回函卡直接寄
回或傳真本公司，收到您的寶貴意見後，我們會收藏記錄及檢討，謝謝！
如您需要了解本公司最新出版書目、購書優惠或企劃活動，歡迎您上網查詢
或下載相關資料：http:// www.showwe.com.tw

您購買的書名：＿＿＿＿＿＿＿＿＿＿＿＿＿＿＿＿＿＿＿＿＿＿

出生日期：＿＿＿＿＿年＿＿＿＿＿月＿＿＿＿＿日

學歷：□高中 (含) 以下　　□大專　　□研究所 (含) 以上

職業：□製造業　□金融業　□資訊業　□軍警　□傳播業　□自由業
　　　□服務業　□公務員　□教職　　□學生　□家管　　□其它＿＿＿

購書地點：□網路書店　□實體書店　□書展　□郵購　□贈閱　□其他

您從何得知本書的消息？

　□網路書店　□實體書店　□網路搜尋　□電子報　□書訊　□雜誌
　□傳播媒體　□親友推薦　□網站推薦　□部落格　□其他＿＿＿＿＿

您對本書的評價：（請填代號　1.非常滿意　2.滿意　3.尚可　4.再改進）

　封面設計＿＿＿　版面編排＿＿＿　內容＿＿＿　文／譯筆＿＿＿　價格＿＿＿

讀完書後您覺得：

　□很有收穫　□有收穫　□收穫不多　□沒收穫

對我們的建議：＿＿＿＿＿＿＿＿＿＿＿＿＿＿＿＿＿＿＿＿＿＿

＿＿＿＿＿＿＿＿＿＿＿＿＿＿＿＿＿＿＿＿＿＿＿＿＿＿＿＿＿＿

＿＿＿＿＿＿＿＿＿＿＿＿＿＿＿＿＿＿＿＿＿＿＿＿＿＿＿＿＿＿

＿＿＿＿＿＿＿＿＿＿＿＿＿＿＿＿＿＿＿＿＿＿＿＿＿＿＿＿＿＿

11466
台北市內湖區瑞光路 76 巷 65 號 1 樓

秀威資訊科技股份有限公司　　　收

BOD 數位出版事業部

．．．

（請沿線對折寄回，謝謝！）

姓　　名：_____　年齡：_____　性別：□女　□男

郵遞區號：□□□□□

地　　址：_____

聯絡電話：(日) _____ (夜) _____

E-mail：_____